わたくしのことが大嫌いな義弟が護衛騎士になりました2

実は溺愛されていたって本当なの!?

夕日

23685

角川ビーンズ文庫

CONTENTS

CHARACTERS
ナイジェル・ガザード
ウィレミナの義弟
ウィレミナ・ガザード
ガザード公爵家令嬢

マッケンジー

王宮近衛騎士団の団長

ガザード公爵

ウィレミナの父

リューク・ベーヴェルシュタム

エルネスタの護衛騎士

エルネスタ

ルンドグレーン王国の第二王女

テランス・メイエ

メイエ侯爵家令息。ウィレミナの婚約者候補

わたくしのことが大嫌いな義弟が護衛騎士になりました 2

実は溺愛されていたって本当なの!?

本文イラスト／眠介

第一章　わたくしと義弟の夏のはじまり

春が過ぎ、夏が近づいている。

まだ初夏のうちなのに今日の日差しは強く、昨日が雨だったこともあり湿《しめ》った空気が重たい熱を蓄《たくわ》えじわりと肌《はだ》に汗《あせ》を浮《う》き上がらせる。額に浮かんだ汗をはしたないと思いながらも指先で拭《ぬぐ》おうとすれば、隣《となり》から伸《の》びた手が零《こぼ》れ落ちそうになっていた雫《しずく》をハンカチで拭った。

汗を拭った人物に視線を向ければ、彼はその美貌《びぼう》に艶《あで》やかな笑《え》みを浮かべた。

「……ナイジェル」

ナイジェル・ガザード。わたくし……公爵令嬢《こうしやくれいじよう》ウィレミナ・ガザードの義弟《ぎてい》であり、護衛騎士《きし》。さらに言えばなぜだかわたくしを女性として好いてくれている、とても物好きな男性だ。

白銀の髪《かみ》、青い瞳《ひとみ》。ふだんは表情筋がほとんど動かない氷のような美貌。その視線がこちらに向く時、氷がふわりと蕩《とろ》けて柔《やわ》らかな笑みを作ることをわたくしは知っている。

わたくしたちがまだ幼い頃《ころ》。ナイジェルは本当の身分を隠《かく》すために『お父様の不義の子』を装《よそお》い我が家にやってきた。……わたくしもまんまとその偽装《ぎそう》に欺《あざむ》かれ、彼をいじめてしまったのだけれど。しかしわたくしにはいじめの才能がなかったらしく、行ったいじめはいじめとしてまったく機能していなかったらしい。それどころか彼に懐《なつ》かれてしまい、挙句の果てには男性としての好意まで抱《いだ》かれてしまったのだ。どうしてこうなったのか、今でも本当にわからないわ。

ナイジェルの本当の素性《すじょう》は、駆《か》け落ちをした王弟殿下《でんか》と男爵令嬢の遺児だ。騎士だった王弟殿下が戦場に散り、男爵令嬢も勤めていた酒場の暴力沙汰《ぼうりょくざた》に巻き込まれて死亡し、ナイジェルは一人となってしまった。そんな彼をお父様が見つけて、公爵家へと引き入れたのだ。病弱である第一王子殿下の『スペア』として、ナイジェルはこの国へと連れて来られた。大人の都合にまみれた、なんとも身勝手な話だと思う。けれどそのおかげで遺児になりかけていたナイジェルの命が守られたのだと思うと、本当に複雑な気分だわ。

第一王子殿下を王位に就《つ》けたい王妃《おうひ》陛下にナイジェルの命が狙《ねら》われたりもしたのだけれど……騎士としての成長を遂《と》げていたナイジェルはそれを退けた。そして王妃陛下は失脚《しっきゃく》することとなり、今では第一王子殿下ともども幽閉《ゆうへい》の身となっている。そして側室であったカンデラリア様が、新たな王妃となったのだ。

ナイジェルの手が伸びて、ふたたび汗が浮かんでいたわたくしの額をハンカチで拭う。ナイジェルは今日も甲斐甲斐《かいがい》しく、わたくしの世話を焼こうとする。これでは護衛騎士ではなく、従者のようじゃない。

「今日は暑いですね、姉様」

と言いながらも、ナイジェルの美貌には汗のひとつも見当たらない。生地《きじ》が厚めの騎士服を身に着けているというのに、この義弟の汗腺《かんせん》はどうなっているのかしら。

「そ、そうね。でも汗くらい自分で拭えるわ」

熱くなる頬《ほお》を片手で隠しながら、わたくしはつんとした態度で言ってしまう。我ながら可愛《かわい》くない照れ隠しだ。けれど義弟はそんなわたくしの態度なんて気にすることなく、さらに汗を拭ってくれた。

「はい、存じております。けれど、私が拭いたかったのです」

ナイジェルは澄《す》んだ青の目をふっと細める。そしてハンカチをポケットにしまい、わたくしの手を下からすくい上げるようにしてエスコートの形で取った。

「さ、行きましょう」

ナイジェルは飄々《ひょうひょう》とした口調で言うと、そっと手を引く。大きな手の硬《かた》く男らしい感《かん》触《しょく》を感じていると、嫌《いや》でも胸が高鳴ってしまう。ナイジェルの手から、わたくしはできるだけ気を逸《そ》らそうとした。

寮《りょう》から校門に向かうだけなのにエスコートは必要なのかしら。ふと、そんなことも思う。けれど……。

家族としての好意。ほんのりと自覚した、直視していいものか迷ってしまう女性としての彼への好意。

そして『ナイジェルと婚約《こんやく》することは未来の女公爵として正しい行為《こうい》なのか』という葛《かっ》藤《とう》。

ナイジェルに対していろいろな感情を綯《な》い交ぜにしているわたくしは、エスコートを拒《きょ》否《ひ》できず彼に手を引かれるままになってしまう。

家のことだけを考えるなら、婚約者候補筆頭であるメイエ侯爵《こうしゃく》家のテランス様と縁《えん》を結ぶのが一番なのだろう。

テランス様は金髪碧眼《きんぱつへきがん》の柔らかな雰囲気《ふんいき》の美男子で、頭が切れて人当たりがよく、貴族らしく抜《ぬ》け目ない。そして彼も……なぜだかわたくしに、好意を持ってくださっている男性だ。テランス様にもメイエ侯爵家にもなんの瑕疵《かし》もなく、これ以上を望むのは難しいお相手なのよね。

対してナイジェルと縁づくということは、王位継承権《けいしょうけん》の上位にいる男子を家に入れるということだ。ナイジェルの本当の素性が、世間に知れた瞬間《しゅんかん》。ガザード公爵家のこれ以上の権力拡大を阻止《そし》したい貴族たちや、子爵家の出である現王妃……カンデラリア陛下に反発する貴族たちがなにを企《たくら》むかわからない。

恋《こい》に流され想定できる未来の不利益に目を瞑《つぶ》ることは、正しいことではないだろう。貴族の婚姻《こんいん》は、個人的な感情で判断するべきではないのだ。

それがわかっているのに……。すぐさま断りの言葉を口にできないくらいには、わたくしはこの義弟に惹《ひ》かれている。

ふうとため息をつけば、手をぎゅっと強く握《にぎ》られる。ナイジェルに視線を向けると、澄んだ青の瞳が心配そうにこちらを見つめていた。

「大丈夫《だいじょうぶ》ですか、姉様。熱中症《ねっちゅうしょう》が心配ですね」

義弟はわたくしのため息を、暑さが原因だと思ったらしい。

「平気よ、そこまでやわじゃないわ」

くすくすと笑っていると、ナイジェルはほっとした表情で口元を緩《ゆる》めた。

「ナイジェル、お前はわたくしを甘やかしすぎなのよ」

「姉様は自分を律することができるお方です。いえ、律しすぎているところがあります。だから姉様自身が姉様を甘やかさない分、私が甘やかすのです」

わかるような、わからないようなことを言うわね。わたくしはガザード公爵家の娘《むすめ》にふさわしい振《ふ》る舞《ま》いを心がけてはいるけれど、無理をしているつもりはない。だから、甘やかす必要はないと思うのだけれど。

「見て、ウィレミナ様とナイジェル様よ」

「羨《うらや》ましいわ。あんな美貌の弟君がいて」

「ああ。ナイジェル様……素敵だわ」

校門への道を歩いていると、周囲の女生徒からそんな囁《ささや》き声が上がる。いつも通りの聞き慣れた感嘆《かんたん》。しかし今日は、それに別種のものが混じっていた。

「そういえば聞きまして？　ナイジェル様がガザード公爵の不義の子ではなく、遠いご親《しん》戚《せき》の子かもしれないって噂《うわさ》」

「あくまで噂でしょう？　うちのお父様は、それはありえないと言っていたわ」

「だけど、私のお母様も……」

令嬢たちが話す内容をナイジェルは耳聡《みみざと》く聞きつけたようで、口角をうっすらと上げた。

「お父様が順調に噂を広めてくれているようですね」

「そ、そうね」

耳元で低い声で囁かれ、落ち着かない心地《ここち》になる。そんなにお顔を近づける必要はないと思うのよ！

お父様はわたくしたちの婚約が万が一決まった時のために、『ナイジェルは不義の子ではなく、親戚筋の子である』という噂を流している。それは少しずつ、皆《みな》に浸透《しんとう》しているようだ。

ナイジェルを引き取った際にも、お父様は『親戚筋の子』という噂を流していたはずなのだけれど。

ナイジェルの素性の不透明《ふとうめい》さから『ガザード公爵の不義の子なのだろう』という真実味のある下世話な噂の方がどんどん膨《ふく》らみ、『親戚筋である』という元の噂のことなんてみんな忘れ去ってしまっていたのだ。……お父様がわざとそうなるよう仕組んだのだけれど。

そしてこの件に関しては、わたくしも勘違《かんちが》いをしていたのだから人のことを言えない。

わたくしたちが血の繋《つな》がらない男女だという噂が大々的に流れてしまえば、ナイジェルと過ごすことはわたくしにとっての瑕疵となってしまう。なので噂の流し方はごく控《ひか》えめなもので、のちのちなにかがあっても『あくまで噂だ』と一蹴《いっしゅう》できる程度に調整されている。

このあたり、お父様はお上手なのよね。王宮で狸《たぬき》なんて呼ばれているのもうなずけるわ。

一見人当たりがよく無害にしか見えないお父様のお顔を思い浮《う》かべながら、わたくしはそんなことを考える。

そして、校舎が近づいてきた時。とある人物がわたくしたちの前に立ち塞《ふさ》がった。

「ナイジェル、ウィレミナ嬢《じょう》！」

この学園でこんなぞんざいな態度をわたくしたちに取れるのは、一人しかいない。

黒髪《くろかみ》と赤い瞳《ひとみ》を持つ、絶世の美少女。現王妃のご息女……第二王女であり、ナイジェルの従姉《いとこ》でもあるエルネスタ殿下《でんか》だ。その背後には、いつもの通りに護衛騎士《きし》のリュークが控えている。今日も疲《つか》れているように見えるけれど、大丈夫かしら。エルネスタ殿下は、その。とても元気な方だから、日々の護衛はなかなか大変なようだ。

わたくしは臣下の礼を取り、ナイジェルも実に嫌そうな顔をしながらそれに従った。

「おはようございます、エルネスタ殿下」

「なんの用ですか、朝から騒々《そうぞう》しいですね」

「ウィレミナ嬢はいつもの通りに堅苦《かたくる》しいし、ナイジェルはいつもの通りに無礼ね」

わたくしたちの挨拶《あいさつ》にそれぞれ感想を述べてから、殿下は小さく鼻を鳴らす。

ナイジェル。正体を隠《かく》したいのなら、殿下にもう少し丁寧《ていねい》な態度を取った方がいいと思うのよ。

「ウィレミナ嬢。今日は王宮へ招待するわ！　母と可愛い弟たちに会いにいらっしゃい」

「え……」

とても立派で羨ましいお胸を張りながら言われ、わたくしは目を丸くした。

「王宮へ？　ええと、放課後にですか？」

なんとも急な話である。王妃陛下に拝謁《はいえつ》する心の準備なんて、まったくできていないわ。

「いいえ、今からよ。もう貴女《あなた》の分の休みの申請《しんせい》もしてあるの。お母様はお忙《いそが》しいから、今日を逃《のが》すとしばらくお会いできないわ。だからいらっしゃい」

「で、ですが」

「私、ウィレミナ嬢と親睦《しんぼく》を深めたいと思っているの。ね、だからいいでしょう？」

「し、親睦をですか」

親睦を深めたいというのはなんとも光栄な話だけれど……殿下は行動がいつも唐突《とうとつ》ね。

「先日の騒動《そうどう》に巻き込んだお詫《わ》びもしたいし、ね！」

先日の騒動というのは前王妃陛下の失脚《しっきゃく》に関する一連のことよね。お詫びなんてされることでは……などと考えていると、エルネスタ殿下の小さな手にきゅっと手を握られた。柔《やわ》らかくて、折れそうで、驚《おどろ》くくらいにすべすべしているわ。なんて羨ましいの！　同性なのに、ここまで感触《かんしょく》が違うものなのかしら。

「……ダメ？　ウィレミナ嬢」

大きな瞳で甘えるようにこちらを見つめるエルネスタ殿下の背後で、リュークが小さなため息をつく。

「申し訳ありません、ウィレミナ嬢。殿下がご迷惑《めいわく》ばかりを――」

「どうして、お前が謝るのよ！」

謝罪をするリュークの足を、エルネスタ殿下が思い切り踏《ふ》みつけた。

……踵《かかと》が高くて細い、踏まれると痛そうなヒールね。女性の力とはいえ、リュークの足が心配になってしまう。

「いっ！」

リュークは小さく呻《うめ》き声を上げながらもしゃがみ込んだりはせず、痛みを堪《こら》えるように唇《くちびる》を噛《か》みしめながらその場に直立している。これが、騎士のプライドというものなのかしら。リュークの日々は……その、少しだけ大変そうね。

「さ、行くわよ！」

エルネスタ殿下はわたくしの手をぐいぐいと強い力で引っ張る。

「本当に、勝手な人ですね」

「ほら、ナイジェルも行くわよ！」

呆《あき》れたように言うナイジェルに、殿下がお声をかける。するとナイジェルは大げさなくらいのため息をつき、

「この方は、言い出したらきかないお方なので。行きましょうか、姉様」

と諦《あきら》め顔で言ったのだった。

……そうね。それに関しては、完全に同意だわ。

学園がある都市エイリールから王都までは、数時間を要する。

その間は、当然ながらエルネスタ殿下とナイジェルとともに馬車に揺《ゆ》られることとなる。

ちなみにリュークは御者《ぎょしゃ》を務めている。そして、護衛は彼とナイジェルのほかにいない。

王女殿下が乗る馬車なのにいいのかしら……なんてことも思ったけれど、「リュークは、

ああ見えて結構強いのよ」と、エルネスタ殿下はきっぱり言い切った。殿下は、彼に信を置いているらしい。リューク自身は、「あと二人くらい護衛を用意しましょうよ」なんて弱気なことを言っていたけれど。

「赤ん坊《ぼう》ってね、どこもかしこもふわふわで柔らかくて本当に可愛《かわい》いの！」

馬車の中ではエルネスタ殿下の子煩悩《こぼんのう》……いえ、弟煩悩話が止まらない。弟君たちについて話すその様子は心の底から楽しそうなもので、見ていて自然と口元が綻《ほころ》んだ。

「エルネスタ殿下は、両殿下のことがお好きなのですね」

「ええ、大好きよ！」

ぱっと花が咲《さ》くように笑ってから殿下は『しまった』という表情になり、眉尻《まゆじり》を思い切り下げる。

「ごめんなさいね。つい夢中になって、私の話ばかりしてしまったわ」

「いいえ。殿下のお話を聞くのはとても楽しいですから」

「……本当に？」

「ええ、本当です」

きっぱりと言い切り笑ってみせれば、殿下はほっとした表情になった。これはわたくしの心の底からの本音だ。

最初は殿下と長時間同じ空間にいるなんて気まずいことにならないかしら……なんてこ

とも心配していた。けれど一時間もすれば、それは杞憂《きゆう》だとわかったのだ。

エルネスタ殿下との間には、腹の探《さぐ》り合いを要するようなしがらみがまったくない。同じ年頃《としごろ》の女性と屈託《くったく》ない会話をすることはわたくしにとっては実に稀《まれ》なことで、それは驚くほどに楽しい時間だった。

……わたくしの隣《となり》に座るナイジェルは、なんだか面白《おもしろ》くなさそうな顔をしているけれど。

「ナイジェル。どうしてそんな顔をしているの？」

「『姉様』を取られて悔《くや》しがってるのよ、その姉べったりは」

わたくしの質問にナイジェルが返す前に、殿下がそう言ってけたけたと笑う。するとナイジェルはさらに不機嫌《ふきげん》そうな表情になった。


王都……そして王宮へとたどり着き、王妃陛下《おうひ》の住まう王宮の奥へと足を踏み入れる。

ガザード公爵家《こうしやく》の者であっても、王家の方々の住む区画を訪《おとず》れる機会なんて滅多《めった》にないことだ。緊張《きんちょう》を隠せずに身を硬《かた》くしていると、後ろを歩いていたナイジェルが隣にぴたりと寄り添《そ》ってきた。そんなふうにされると、少しばかり歩きづらいのだけど。

「ナイジェル、どうしたの？」

「姉様、緊張されていますか？」

小声で訊《たず》ねれば、同じく小声で訊ね返される。

「それは当然しているわよ」

なにを当たり前のことを訊《き》くのだろう。そう思いながら、わたくしは首を傾《かし》げた。

「私がいるので大丈夫《だいじょうぶ》です」

ナイジェルはきっぱりとそう言い切り、真剣《しんけん》な表情でわたくしを見つめた。

なんとも根拠《こんきょ》がないことを言うものだ。けれど一切《いっさい》の揺らぎのない顔でそう言われると、そのような気にもなってくるから不思議だ。

「ふふ、そうかもしれないわね」

わたくしが笑えば、ナイジェルも微笑《ほほえ》む。そして彼はなに食わぬ顔で、わたくしの後ろの位置へと戻《もど》っていった。

「さ、着いたわよ」

四人の近衛《このえ》騎士が守る扉《とびら》の前で、エルネスタ殿下が立ち止まった。近衛騎士の一人が「お待ちしておりました」と告げてから、中にいる人物にわたくしたちの訪《おとな》いを知らせにいく。

この扉の向こうに――カンデラリア王妃陛下がいるのだ。

カンデラリア王妃陛下のご側室時代。公爵家の出だった前王妃と出自を比較《ひかく》されていたことに加え、長い間男児を産めないことで貴族たちから白眼視されていた。国王陛下の寵《ちょう》愛《あい》は溢《あふ》れるほどに受けていたけれど、それは大きな武器であると同時に強いやっかみの種にもなっていたのだ。

『愛されてはいるが、それだけの女』。口さがない貴族たちがそう言っているのを何度も聞いたことがある。

しかし今では……。彼女は国王陛下の愛だけではなく二人の男児、そして王妃の座までも手に入れている。実家の後ろ盾《だて》以外のものを、彼女はすべて手に入れたのだ。

「どうぞ、お入りください」

戻ってきた近衛騎士《きし》に先導され、わたくしたちは部屋へと入った。そして一礼をする。

「ウィレミナ嬢、ナイジェル様、お二人ともお顔を上げて。今日は個人的な集まりだから、そんなふうに畏《かしこ》まらなくていいわ」

朗《ほが》らかな口調で声をかけられ、わたくしは垂れていた頭《こうべ》を上げた。すると長椅子《ながいす》に腰《こし》を下ろす、一人の女性が目に入った。

カンデラリア王妃陛下……その人だ。

「よく来てくれたわね、二人とも」

王妃陛下はそう言って人好きのする笑《え》みを浮《う》かべる。

カンデラリア王妃陛下は側室時代、社交に出る機会が少なかった。なのでお目通りした回数は、片手で足りてしまう程度だ。

最後に拝謁《はいえつ》したのは五年ほど前だろうか。その頃《ころ》と変わらない若々しく美しいお姿で、王妃陛下はそこにいらした。

艶《つや》やかな黒髪《くろかみ》は柔《やわ》らかなウェーブを描《えが》きながら背中に流れ、黒髪に縁取《ふちど》られた顔の輪郭《りんかく》は美しく整っている。大きな赤の瞳《ひとみ》は宝石のように輝《かがや》き、高い鼻梁《びりょう》からは優雅《ゆうが》さが感じられた。貴婦人の妖艶《ようえん》さと同時に少女のようなあどけなさも感じさせるその美貌《びぼう》は、エルネスタ殿下《でんか》と本当によく似ている。国王陛下が長年夢中なのも頷《うなず》けるわね。

「お母様、双子《ふたご》をウィレミナ嬢たちに見せてちょうだい！」

エルネスタ殿下は王妃陛下に駆《か》け寄ると、甘えた声でせがむように言った。

「わかっているわよ、エルネスタ」

そんな殿下の様子に苦笑《くしょう》しながら、王妃陛下は王子殿下たちが寝《ね》かされているのだろう小さな寝台《しんだい》へと向かう。

王妃陛下は乳母《うば》や侍女《じじょ》の手をほとんど借りずに王女殿下たちを育て上げ、王子殿下たちに関してもそうしていると聞く。

それは、乳母などの中に前王妃の手の者が紛《まぎ》れ込む可能性が上がるからだと思っていたけれど……。盤石《ばんじゃく》のお立場になられても自身で子育てをされているのだから、単に子どもが好きなのかもしれないわね。

「ふにゃ」という小さな声が耳に届き、わたくしはそちらへと目を向ける。

その声は……王妃陛下が抱《かか》えた小さな命が上げたものだった。

王妃陛下はにこりと笑うと、腕《うで》に抱《だ》いた王子殿下をこちらに差し出した。

「ウィレミナ嬢、兄のカシミロよ。寝台に寝かせている方は、弟のクレト」

カシミロ王子殿下はわたくしを不思議そうな顔をして見つめたあとに、こちらに向かって手を伸《の》ばしてくる。その愛らしい仕草に、胸がきゅうと締《し》めつけられた。

ああ、おててがとても小さいわ！　わたくしの何分の一の大きさなのかしら。それに、なんて柔らかそうな頰《ほお》をしているの！　髪の毛もふわふわとしていて羽毛《うもう》のようだし、どこもかしこもついつい触《ふ》れてみたくなる。王子殿下たちに、そんな無礼は働けないけれど……。

「本当に、お可愛らしいわ」

ぷにぷにの頰に頰ずりしたい気持ちを抑《おさ》えながら、感嘆《かんたん》の息とともに言葉を零《こぼ》す。

「小さいですね。子どもという生き物は、こんなに小さいものなんだな」

ナイジェルもそう言いながら、双子をしげしげと見つめる。彼の口調はいつも通りに淡々《たんたん》としているけれど、その口角はほんのわずかに上がっていた。

「そうでしょう！　可愛いでしょう、小さいでしょう！」

わたくしの言葉に嬉《うれ》しそうに反応しつつ、エルネスタ殿下がクレト殿下を抱き上げる。するとクレト殿下は火がついたように泣き出し、エルネスタ殿下は慌《あわ》てながら小さな殿下をリュークに手渡《てわた》した。リュークは諦《あきら》めの感情を含《ふく》んだため息をついてから、クレト殿下のお体を揺《ゆ》らす。すると殿下はすぐに泣き止《や》み、嬉しそうに笑い出した。

……王妃《おうひ》陛下がなにも言わないところやリュークが手慣れているところから見るに、この光景は日常茶飯事《さはんじ》的なものなのかもしれないわね。わたくしは心の中で『お疲《つか》れ様』とリュークの苦労を労《ねぎら》う。

「ねぇ、ウィレミナ嬢」

リュークとクレト殿下の方を眺《なが》めていたわたくしは、王妃陛下に声をかけられ肩《かた》を揺らした。いけないわ、王妃陛下の御前《ごぜん》なのに気を抜《ぬ》いてしまうなんて。

「なんでしょうか、王妃陛下」

「ウィレミナ嬢は、どんな将来を思い描いているの？」

取り繕《つくろ》いながら返事をすれば、そんな質問が投げかけられる。その内容に、わたくしはぽかんとしてしまった。

「将来、ですか？」

「ええ。私はこれから先もガザード公爵家とよい関係を築いていきたいと思っているの。だからこそいずれ女公爵になるであろう貴女《あなた》が、どんな将来を想像しているのか、訊いてみたいと思って」

王妃陛下はそう言って、ふふっと可愛《かわい》らしく笑う。その様子は少女のように愛くるしく、わたくしのお父様とお年が近いだなんてとても信じられない。

ナイジェルがお父様の血を引いているのであれば、彼が次代のガザード公爵《こうしゃく》になる可能性はあった。しかし実際には彼は王弟《おうてい》殿下の実子であり、我が家との直接的な繋《つな》がりはない。なので、ナイジェルがガザード公爵家を継《つ》ぐことはない。

わたくしの婿《むこ》になる方が、特例を使ってガザード公爵家を継ぐ可能性はあるけれど……。わたくしがお父様に見限られるようなことをしない限り、その可能性も低いだろう。家の乗っ取りなどの無用な諍《いさか》いを避《さ》けるため、基本的には実子が家を継ぐことが望ましいとされているからだ。

……現状では、お父様からわたくしに『不合格』は告げられていない。

ある日『不合格』を告げられないよう、これからも精進《しょうじん》しないといけないわね。

陛下からされた質問の内容を、頭の中で反芻《はんすう》する。その時、柔らかなものがわたくしの指を包んだ。感触《かんしょく》の方へと視線を向ければ、カシミロ殿下が小さなお手でこちらの中指を握《にぎ》っていた。そのいたいけな様子に思わず頬が緩《ゆる》む。

そして……わたくしは口を開いた。

「殿下たちが平和に暮らせるよう、国の安定のお手伝いができる臣下になりたいです。国のために躊躇《ちゅうちょ》なく身を捧《ささ》げられる人間になりたいと思っております」

わたくしが王妃陛下に返したのは、そんな言葉だった。だって心からそう思ったのだもの。『国のために躊躇なく身を捧げられる』というわたくしの言葉を聞いたナイジェルは、なんだか微妙《びみょう》な顔をしていたけれど。安易に身を犠牲《ぎせい》にするようなことはしないわよ。
慎重《しんちょう》、そして公正に。日々研鑽《けんさん》を積みながら、道を選び抜いていかねばならないわね。
わたくしの理想とする人間になれるよう、道を間違《まちが》わずに進まないと。できることならば
お父様のようになれるのが理想だけれど、お父様は才覚の塊《かたまり》のような人でわたくしは明ら
かにそれに劣《おと》る人間だ。
だけど、劣るからといってただ手をこまねいているわけにはいかないのよね。
お父様に迫《せま》る人間になれるのか……これはわたくしの人生に一生のしかかる頭の痛い問
題だ。
夕方になり、わたくしは帰りの馬車に揺られていた。エルネスタ殿下は今日は王宮へ泊《と》
まるそうで、帰りはナイジェルと二人だけの道行きだ。正確に言えば、外に護衛もいるけ
れど。王妃陛下が騎士を二人つけてくださったのだ。
「殿下たち、可愛らしかったわね。あっという間に大きくなるのでしょうね」
殿下の柔らかな手のひらの感触を思い出すと表情が緩《ゆる》んでしまう。子どもと触れ合う機
会なんてあまりなかったけれど、あんなに可愛いものなのね。エルネスタ殿下が夢中にな
る理由がわかるわ。
「健《すこ》やかに育ってほしいですね。将来は継承《けいしょう》権周りのことで苦労もあるかもしれませんが」
「……そうね」

　同じ日に生を享《う》けた双子の場合、継承権のことで揉《も》め事が起きることも多い。それを恐《おそ》れ、双子が生まれた時に片方を殺す国もあるくらいだ。

　我が国では生まれた王子が双子の場合、『先に胎《はら》から出た者』を兄と定めて継承権の一位とすることが法で定められている。なので現状では、カシミロ殿下が王位継承権の一位だ。

　しかし将来殿下たちが成長し、弟のクレト殿下の方が優《すぐ》れていた場合。彼の方が王位にふさわしい、などと言い出す輩《やから》はきっと出てくるだろう。

「なにがあってもお二方をお支えできるようにならないと」

「では私は、国のために励《はげ》む姉様をずっと隣《となり》でお支えしましょう」

「ず、ずっと？」

「はい、ずっとです。もちろん夫として」

「お、夫!?」

　ナイジェルがわたくしの手を握りつつ、こちらににじり寄ってくる。わたくしは当然距《きょ》離《り》を取ろうとしたのだけれど、ここは狭《せま》い馬車の中だ。すぐに距離を詰《つ》められてしまう。繊細《せんさい》なガラス細工のように整った義弟の美貌《びぼう》が近づき、鼻先同士が触れ合いそうになった。彼のつけている淡《あわ》い香水《こうすい》が近くで香《かお》り、距離の近さを嗅覚《きゅうかく》でも思い知らされた。視線を前に向ければ美しい青と視線が交わる。繋がれた手から伝わる体温は熱く、感覚のすべてがナイジェルで満たされているような錯覚《さっかく》を覚えた。

「ナナナ、ナイジェル！　どうしてそんなに近づくのかしら！」

「逃《に》げ場のない空間で、姉様を口説くチャンスだと思いまして」

必死で言葉を絞《しぼ》り出すわたくしに、悪びれるふうもなくナイジェルが言う。その言葉の内容に衝撃《しょうげき》を受け、頬が信じられないくらいの熱を持った。

「逃げ場？　く、口説く⁉」

「姉様はよく、私が貴女に好意を持つ男だということをお忘れになっているように見えます。いや、意図的に『忘れて』いらっしゃるのかな」

「──ッ！」

ナイジェルの言うことは図星だ。だってあまり意識してしまうと……。気持ちが坂を転がって、止まらなくなってしまいそうで怖《こわ》いから。

将来、ガザード公爵家の者として正しい選択《せんたく》をしなければならない時が訪《おとず》れたとして。私的な感情を優先しナイジェルしか選べない自分になっていたらと想像すると、恐ろしいのだ。

「私をもっと意識してください、姉様」

ナイジェルは囁《ささや》き、こちらへ手を伸《の》ばす。美しい手がわたくしの髪《かみ》を一房《ひとふさ》取り、恭《うやうや》しく口づけをされる。義弟は美しい笑《え》みをこちらに向けてから、すいと身を離《はな》す。その一連の動きはしなやかで美しく、わたくしは思わず見惚《みと》れてしまった。

「姉様のお顔が真っ赤ですから、これくらいにしておきましょうか」

ナイジェルにそう言われ、わたくしははっとした。

顔は熱いを通り越《こ》して痛いくらいだし、心臓は恐ろしい速さで鼓動《こどう》を刻んでいる。ああもう、すっかりナイジェルに翻弄《ほんろう》されているわ！

「姉様にふさわしくなれるよう、努力いたします。テランス様やほかの婚約《こんやく》者候補になんて負けません。だから、私を選んでくださいね」

「ほ、ほかの婚約者候補に負けないなんて。お前はいつからそんな自信家になったのかしら？」

「ふふ、いつからでしょう」

余裕《よゆう》のある表情で、ゆったりと長い脚《あし》を組む義弟が少し憎《にく》らしい。

……いえ、ナイジェルのお耳も赤いわね。もしかしなくても、彼も頑張《がんば》っていたのかしら。

そう思うと、少し微笑《ほほえ》ましいような気持ちにもなる。

「……そういえば。婚約者候補のアルセニオ様からお茶会に誘《さそ》われているのよね。参加のお返事をしないと」

先ほど自身で発した『婚約者候補』という言葉。それに記憶《きおく》が刺激《しげき》され、ふとそんなことを思い出す。

アルセニオ様はベイエル侯爵《こうしゃく》家のご令息だ。貴族にはめずらしい研究者気質《かたぎ》な方で、自身の研究を優先し社交の場にはあまり顔を出さない人物である。ベイエル侯爵家は婚約者候補の俎上《そじょう》に載《の》ってはいるものの、中央権力への執着《しゅうちゃく》は薄《うす》い印象だ。なのでわたくしの婚約者の座への執着も、当然薄いものだと思っていた。そんなベイエル侯爵家のアルセニオ様がお茶会に誘ってくるなんて、一体どんな風の吹《ふ》き回しなのだろうか。

学園に通う生徒たちのお茶会は、学園内にあるサロンを借りて行われることが多い。けれど今回はとある事情で学園に通っていないアルセニオ様からのお誘いなので、王都にあるベイエル侯爵家のタウンハウスで行われることになっていた。

「行かなくていいと思いますが」

ナイジェルは拗《す》ねたように少しだけ唇《くちびる》を尖《とが》らせる。そんな表情は先ほどの色香《いろか》ある貴公子ではなく、いつもの『義弟』だ。それを見て、少しほっとしてしまう。

「婚約者にならなくとも家同士の付き合いは続いていくのだから、礼を失しないように交流を持つことは大事よ」

建国の頃《ころ》より王家を支える国の要《かなめ》、三大公爵家。そのひとつ、ガザード公爵家の娘《むすめ》であるわたくしの婚約者候補に名を連ねる方々の家は、当然ながら名家ばかりだ。先々のために今から良好な関係を築いておくことは、とても大事なこと……そして義務である。

「私も行きますから」

どこか必死な声音《こわね》でそう言われ、わたくしは目を丸くした。

「今回、ナイジェルはお呼ばれしていないわよ？」

「護衛としてお供します」

ナイジェルは真顔で、ずいとこちらに詰め寄ってくる。ガザード公爵家の者が増えては先方が気を使いそうだから今回は別の護衛をと思っていたけれど、これは言うことを聞きそうにないわね。

「……仕方ない子ね。先方にはそう伝えておくわ」

こういう時の義弟《ぎてい》は、わたくしが折れるまで必死に食《く》らいついてくる。そんな義弟を、わたくしは拒絶《きょぜつ》できた例《ため》しがない。

「ありがとうございます、姉様！」

真顔から一転、ナイジェルは明るい表情になる。と言ってもナイジェルと付き合いの薄い人間から見れば、さほどの変化は感じられないかもしれないわね。彼の表情筋は、相変わらず仕事が下手なのだ。

――アルセニオ様、か。

最後に顔を合わせたのは十歳の頃なのではないかしら。それも軽い挨拶《あいさつ》をしただけだ。

彼も一応はわたくしも通っている貴族の学園に属してはいるけれど……。アルセニオ様は学園と掛《か》け合い授業の免除《めんじょ》を勝ち取っており、授業には出ず王都にあるタウンハウスに引きこもって研究に勤《いそ》しんでいらっしゃる。なので学園でも、一切《いっさい》顔を合わせることがないのだ。

アルセニオ様のお顔を思い浮《う》かべようとしても、頭の中でなかなか像を結ばない。

しばらく努力をしたのちに、わたくしは彼の顔を思い出すことを諦《あきら》めた。


王宮に上がった日から一週間が経《た》ち。寮《りょう》の自室でわたくしは便箋《びんせん》にペンを走らせていた。お父様へのお手紙を書いているのだ。その内容は近況《きんきょう》の報告と、領地へ向かう許可を求めるものだった。学園は夏になると二ヶ月間の長期休暇《きゅうか》に入る。その休暇に合わせて領地の視察に行こうとわたくしは決めたのだ。……お父様の許可が下りればだけれど。いえ、きっと許可を出してくださるわよね。お父様はわたくしが将来に向けて学ぶことを、喜んでくださるはずだもの。

──殿下《でんか》たちが平和に暮らせるよう、国の安定のお手伝いができる臣下になりたい。そして、国のために躊躇《ちゅうちょ》なく身を捧《ささ》げられる人間になりたい。

王妃《おうひ》陛下に告げたその言葉を実現するため今のわたくしになにができるのか……領地の視察はそれを考えた結果である。

まずは領民の生活を知り、改善した方がよいと思うことがあればお父様に報告と相談をする。今のわたくしにできることはそれくらいだ。

手腕《しゅわん》も、機転も、経験も……わたくしはお父様になにひとつ及《およ》ばない。だけど研鑽《けんさん》を積む『時間』が、わたくしにはあるのだ。お父様のようにしっかりと国を支えられる人間になれるよう、できる限りの努力をしていきたいわ。

ガザード公爵家の領地は、王都から馬車をゆっくりと走らせて十日の場所だ。国王陛下の相談役を務めるお父様は王都を活動の拠点《きょてん》としており、わたくしが育ったのも王都近くにある屋敷《やしき》だ。領地のカントリーハウスへ帰るのは、数年ぶりのことである。

ガザード公爵家の領土は広大だ。なので四つの地域に分割《ぶんかつ》をし、それぞれに代官を置いて治めている。ガザード公爵家のカントリーハウスには代官総轄《そうかつ》であるグレンが住んでおり、幼い頃からとてもよくしてもらっている。彼と久しぶりに会えるのも、楽しみだわ。

手紙を書き終え封《ふう》をしてから、護衛らしく部屋の隅《すみ》に立ち静かにしていたナイジェルを呼び寄せる。そして、領地に向かうことを話すと……。

「とても素晴《すば》らしい計画だと思います」

彼は実に嬉《うれ》しそうにそう言った。その様子に、わたくしは首を傾《かし》げる。

「なぜ、そんなに嬉しそうなの？」

「領地までの片道十日……その間、姉様と二人きりということですよね。きちんと私が御《お》身《み》をお守りしますので」

ご満悦《まんえつ》な表情で言うナイジェルの言葉を聞いて、わたくしの目は丸くなる。この子ったら、すっかり一緒《いっしょ》に行く気なのね。ナイジェルの現状の騎士《きし》としての任務は、学園におけるわたくしの護衛である。その任務の延長で護衛をお願いできるか訊《き》いてみるつもりではあったから、ついてきてくれること自体は嬉しいわ。

……だけど。嬉しそうなところ悪いけれど、二人きりはあり得ないわよ。

「護衛をしてくれるつもりなのは嬉しいけれど。エイリンとロバートソンも連れていくし、お父様に護衛を用意していただこうと思っているし……。かなりの大所帯になると思うわよ？」

エイリンとロバートソンはガザード公爵家に長年仕えてくれている使用人夫婦《ふうふ》だ。貴族が身の回りのことを自身でするわけにもいかないので、彼らも当然連れていく。

「む……。二人旅ではないのですか」

「ふふ、当たり前でしょう？」

「姉様と二人きりの旅がよかったです。……残念だな」

拗ねたように言うナイジェルを見ているとおかしくなって、わたくしはくすくすと笑ってしまった。

「ガザード公爵家の者二人きりで、旅なんてできるはずないじゃない」

——ナイジェルは本当は、王弟殿下の忘れ形見なわけだけれど。ガザード公爵家の娘と王族の二人旅なんて、いろいろな意味でとんでもないことだわ。

寮の自室とはいえどこに人の耳があるかわからないので、思ったことは胸の内だけで発しておく。

「それもそうですね。テランス様やエルネスタ殿下がいないだけでよしとしましょう」

「実はね。エルネスタ殿下はわたくしが領地に帰る計画を立てていると聞いて、同行なさるかずいぶんと迷っていらっしゃったのよ」

「そうなのですか？　なぜ私より先にエルネスタ殿下が計画のことを……」

わたくしの言葉に、ナイジェルは綺麗《きれい》な形の眉《まゆ》を顰《ひそ》める。エルネスタ殿下の方が先に計画を知ったことが不満だという様子だけれど、たまたま順番が前後しただけよ。

本日の授業の合間の休み時間。教室にやってきたエルネスタ殿下に夏の予定を訊かれたので、領地に帰る計画を告げたのだ。すると殿下は『ガザード公爵家の領地？　迷惑《めいわく》でなければ、私もご一緒したいわ。だけど……弟たちとも過ごしたいし』と頭を抱《かか》えてうんうんと悩《なや》み出してしまったのだ。

「ずいぶんと悩んでらしたけど……結局、長期休暇の間は王子殿下たちと一緒に過ごすことにしたんですって」

可愛《かわい》い盛りの王子殿下たちと一緒に過ごしたい気持ちはよくわかる。子どもはすぐに大きくなるものだ。二ヶ月間の成長を見られないのは、とても大きな損失だものね。

「姉様は、エルネスタ殿下とすっかり仲よしですね」

「ええ、光栄なことだわ。領地からお手紙を送る約束もしたの」

王妃陛下と王子殿下たちに拝謁《はいえつ》に行った日以来、エルネスタ殿下には仲よくしていただいていた。休み時間に殿下が教室に顔を出しにくる回数も増え、周囲の認識《にんしき》もわたくしとエルネスタ殿下は親しい友人同士だというものになりつつある。

明朗快活な方だから、お話ししていてとても楽しいのよね。わたくしも殿下に会話を楽しんでいただかないと！　と最初は気負ってしまっていたのだけれど……。それに気づいたエルネスタ殿下に『肩《かた》の力を抜《ぬ》きなさい。友達同士の会話でそんなに肩肘《かたひじ》張らなくていいの』と言われてしまった。それからは自然体で話せている、と思うわ。わたくしはその、堅苦《かたくる》しい人間だから……少しばかり自信はないけれど。

「エルネスタ殿下がいらっしゃらなくて本当によかったな。……いたらどれだけ邪魔《じゃま》をされたかわからないからな」

ナイジェルが口元に手を当て、なにかをつぶやく。

「ナイジェル？」

その内容が聞き取れなかったので名前を呼びながら見つめると……。

「ふふ、なんでもありません」

輝《かがや》かんばかりの無邪気《むじゃき》な笑《え》みで、そう返されてしまった。

るのよね。

「さて……」

夏の計画に思いを馳《は》せたいところだけれど……その前にベイエル侯爵《こうしやく》家でのお茶会があ

アルセニオ様とのお茶会の当日。わたくしとナイジェルは、ベイエル侯爵家のタウンハウスを訪《おとず》れていた。

ベイエル侯爵家の屋敷の外装や内装は華美《かび》なことには興味がありませんという意識が透《す》けて見える、飾《かざ》り気のないものだ。よく言えば機能的……というところかしら。庭も最低限という整えられ方で、季節の花が咲《さ》き誇《ほこ》り意匠《いしよう》が凝《こ》らされているガザード公爵家の屋敷の庭と比べると寂《さび》しく思えてしまう。

ベイエル侯爵家は富貴《ふうき》な家だ。出費を惜《お》しんでこうなるのではなく、自分たちの興味があること以外には冷淡《れいたん》なだけなのだろう。

客間へと通されると、わたくしのほかにも十人ほどの令息令嬢《れいじよう》がいらしていた。その顔ぶれには、どれも見覚えがある。ベイエル侯爵家と親しいとされる家の方々ね。

彼らは、わたくしとナイジェルを目にすると一斉《いつせい》に礼をした。

「ウィレミナ嬢、ナイジェル様。ようこそ、いらっしゃいましたね」

令息令嬢の背後から、長身の男性が姿を現す。肩までの赤い髪《かみ》、狐《きつね》のように細い茶色の目。肌《はだ》の色は血管が透けそうなくらいに白く、不健康そうだという印象を受ける。目がお悪いのか、右目には銀のフレームのモノクルが着けられていた。お顔立ちは整っており、浮《う》かんでいる表情は穏《おだ》やかで優《やさ》しげなものだ。だけど……。

なぜかしらね、胡散臭《うさんくさ》さを感じるわ。わたくしの気のせいであればいいのだけれど。

この方がアルセニオ様なのだろう。幼い頃《ころ》のぼんやりとした記憶《きおく》とも、髪色などが一致《いっち》する。

「お久しぶりです、アルセニオ様。ご招待ありがとうございます」

「ご無沙汰《ぶさた》しております、ウィレミナ嬢。久しぶりにお会いできて嬉しいです」

アルセニオ様はそう言いながらわたくしの手を取り。その甲《こう》にそっと口づけをした。そうしながら、少し上目遣《うわめづか》いでこちらを見やる。その目つきはまるで蛇《へび》のようで、背筋をわずかに粟立《あわだ》たせた。

「さ、こちらへ」

手を引かれて用意された席に着けば、背後にまっすぐに背筋を伸《の》ばしたナイジェルが立つ。それを目にしたアルセニオ様が、不思議そうな顔をしながら首を傾《かし》げた。

「ナイジェル様も、楽に過ごされては?」

「いいえ。私はあくまで姉様の護衛としてここに来ただけなので」

「ですが、貴方《あなた》にお声をかけられることを期待している花々があちらにいらっしゃいますよ。少しだけでもお話をされては？」

アルセニオ様が数人のご令嬢たちを手で示す。すると令嬢たちの表情はたちまち輝いた。婚約者《こんやく》がいまだにいない、ガザード公爵家唯一《ゆいいつ》の男子。そして絶世の美青年で文武両道に秀《ひい》でている……そんなナイジェルの令嬢人気は当然高い。

姉べったりなのが唯一最大の欠点。それが世間のナイジェルの評価である。

けれど、この義弟《ぎてい》と交流を持てる機会なんてものは滅多《めった》にない。ナイジェルは社交にはほとんど出ない。その上平素の彼はわたくしの護衛をしており、気軽に話しかけていい雰《ふん》囲気《いき》ではないものね。ナイジェルとお近づきになることを期待しつつ、今日を迎《むか》えた令嬢たちも多いのではないだろうか。

「いいえ結構です。姉様のお側《そば》にいます」

しかしナイジェルの返事はにべもないものだった。その返答に、令嬢たちは一気に消沈《しょうちん》してしまう。

ふと。ナイジェルがアルセニオ様からの提案を断ったことに、ほっとしている自分に気づく。気持ちに応《こた》える覚悟《かくご》がないくせに独占欲《どくせんよく》だけは一人前に持つなんて、わたくしは本当に嫌《いや》な女ね。そんな自己嫌悪《けんお》に陥《おちい》っているわたくしの耳元に、ナイジェルが長身を屈《かが》めて唇《くちびる》を寄せた。

「私が愛《め》でる花は、姉様だけですから」

そして、低く甘やかな声で囁《ささや》く。その声音《こわね》は心臓を大きく揺《ゆ》らし、鼓動《こどう》を一気に速めた。

こ、この子は急になにを言い出すのかしら！　熱い頬《ほお》を扇子《せんす》で扇《あお》いでいると強い視線を感じる。それは、アルセニオ様からのものだった。視線を合わせれば、アルセニオ様はにこりと笑う。わたくしもそれに微笑《ほほえ》み返した。

「ウィレミナ嬢は、会わない間にとてもお美しくなられましたね」

「まぁ、ありがとうございます」

アルセニオ様はお世辞が下手ね。今の言い方だと『昔は美しくなかったとでも？』と、拗《す》ねてしまうご令嬢もいるだろう。正解は『変わらず、お美しいですね』だ。

「姉様は昔からお美しいです」

背後から不機嫌《ふきげん》さを隠《かく》さない声でナイジェルが言う。するとアルセニオ様はぽかんとした顔をしてから、少し吹《ふ》き出した。

「たしかにそうだ。失礼しました、ウィレミナ嬢。研究ばかりであまり女性とは接していない朴念仁《ぼくねんじん》なので、どうにも女性が喜ぶような言葉選びは苦手で」

「いいえ、気にしていませんわ」

わたくしはゆるゆると頭を振《かぶりふ》り、目の前に置かれた紅茶を口にした。さて、失礼のないように楽しい会話をといきたいところだけれど。

彼個人に関する前知識がわたくしには薄《うす》い。唯一知っていることと言えば、アルセニオ様がさまざまな研究に打ち込んでいらっしゃる……という噂《うわさ》くらいだ。どのような研究をしている、などという踏《ふ》み込んだ話は一切《いっさい》知らないのよね。

「アルセニオ様は、どのような研究をされているのですか？」

相手の興味がある話題から入るのが一番無難かしら。少しの間考えてから、わたくしは会話の口火を切った。

「ウィレミナ嬢といえども、研究のことをお教えすることはできません。機密がいろいろとあるもので」

アルセニオ様は静かな笑みを浮かべてそう返す。

「ですが――」

「ですが？」

「ウィレミナ嬢が婚約者になってくださるのなら、いくらでも教えて差し上げられます。ご検討いただけると嬉《うれ》しいのですが」

アルセニオ様がその言葉を発した瞬間《しゅんかん》。背後のナイジェルが一気に殺気立つのを感じた。振り返って目で『ダメ』と制すれば、ナイジェルの眉尻《まゆじり》がうんと下がり殺気も一応は引っ込められる。まだまだ漏《も》れ出てはいるけれど、ましにはなったわね。

ナイジェルの気持ちもわからなくはないわ。今まで関係を疎《おろそ》かにしておいて、ご自分の都合で婚約の話を持ち出すなんて失礼にもほどがある。

「婚約に関する決定権があるのはお父様ですわ。わたくしに言われましても、ね？」

「公爵閣下《こうしやく》は貴女《あなた》に甘いお方だと聞いております。貴女が僕を選ぶと言ってくだされば……それが通るのではないですか？」

……ずいぶんと食い下がってくるわね。この方の言う通り、お父様はわたくしに甘い。だからある程度はわたくしの要望が通るだろう……というのも、事実である。しかしそれは、わたくしが『選べば』の話だ。

『女性が喜ぶような言葉選びは苦手』という、アルセニオ様の言葉は本当なのだろう。これでは『貴女には興味がないが、諸事情あって婚約者になりたい』という気持ちが明け透けすぎる。

『自分たちの興味があること以外には冷淡』。この屋敷《やしき》を目にした時に感じた印象を思い出す。この方は恐《おそ》らく……屋敷の印象の通りに、自身の関心事以外への興味や関心が薄いのだ。

ガザード公爵家の者の伴侶《はんりよ》としては不適格ね。他人に興味を持たない人間と、支え合う関係になれるはずがない。

わたくしは心の中でアルセニオ様のお顔にバツをつける。

「ほかの候補の方々との兼《か》ね合いもあることです。この場でわたくしの独断によって即答《そくとう》することはできませんわ」

きっぱりと言い切ってから微笑んでみせれば、アルセニオ様は苦い顔をしつつもそれ以上食い下がってはこなかった。微妙《びみょう》な雰囲気となったお茶会を失礼にならない程度に早めに切り上げ、ナイジェルとともに馬車に乗り込む。

「本当になんだったのでしょうか、あの男は」

アルセニオ様の態度を思い返し、ナイジェルは終始ご機嫌斜《なな》めだ。まぁ、とても失礼ではあったわね。

なににしても、彼がここまで必死な理由が……気になるわね。


ベイエル侯爵《こうしやく》家での、お茶会の翌日。

「ベイエル侯爵家のお茶会に呼ばれたんだって？　めずらしいこともあるものだね」

放課後の教室で帰る準備をしていると、にこやかな表情のテランス様に声をかけられた。

相変わらず情報を耳にするのが早いお方ね。

「そうなんです。何年か振りに、アルセニオ様にお会いしましたわ」

……テランス様だったら、近年のベイエル侯爵家の動向をなにか知っているかしら。そんなことをふと思う。

「近頃《ちかごろ》のベイエル侯爵家の動向を、テランス様はご存知ですか？」

声を潜《ひそ》めて訊《たず》ねれば、テランス様は大きな青の目を瞬《また》かせた。そして美しい唇を笑《え》みの形に変える。

「ふむ、ウィレミナ嬢《じょう》に頼《たよ》りにされるのは嬉しいね。そうだね、一緒《いっしょ》にお茶でも飲んでくれたら話してあげるよ」

どうやら彼は、ベイエル侯爵家についての『なにか』を知っているらしい。それをお茶を一緒に飲む程度で教えてくださるのなら、わたくしとしてはやぶさかではないわね。

「では、ナイジェルが来たらカフェテリアに移動しましょう」

もう少ししたらナイジェルが迎えに来る。テランス様は冗談《じょうだん》めかして「なんだ二人きりじゃないのか」などとつぶやいているけれど、貴方の従者も一緒でしょうに。

「楽しみだな、ウィレミナ嬢とデートだね」

テランス様はそう言うと、屈託《くったく》のない笑みを浮《う》かべる。そんな紛《まぎ》らわしい言い方をされると困ってしまうわ。

「学内でお茶を飲むだけですわよ？」

「それでも嬉しいよ」

「テランス様。なにが嬉しいのですか？」

テランス様の言葉に被《かぶ》せるように、聞き慣れた声が響《ひび》いた。教室にいるご令嬢たちの雰《ふん》囲気《いき》が浮《うわ》ついたものに変わったから、やって来たのだろうと思ってはいたけれど。

「ナイジェル」

名前を呼びながら振り向けば、予想の通りに義弟《ぎてい》が立っていた。テランス様は「や、ナイジェル様」と軽い口調で言い、微笑みながら手を振る。そんなテランス様に、ナイジェルは愛想《あいそ》の欠片《かけら》もない顔で一礼をした。

「テランス様とお話があって、今からカフェテリアに行くのよ」

「お話、ですか？」

怪訝《けげん》そうに眉間《みけん》に皺《しわ》を寄せつつ首を傾《かし》げるナイジェルを手招きし、内緒話《ないしよばなし》のために手で筒《つつ》を作る。するとこちらの意図を察したナイジェルが屈んでわたくしに形のいい耳を向けた。耳に唇を寄せて小声で事情を話せば、ナイジェルは得心がいったという様子で頷《うなず》く。

「……なるほど。そういうことならば、仕方ありませんね」

『仕方ない』と言いつつも、その声にはまだまだ不満げな響きが宿っている。けれどナイジェルはそれ以上の感情を表に出すことはなく、わたくしの荷物を手にすると背後に立った。……もっとテランス様に牙《きば》を剝《む》くのではと心配していたけれど、これは成長したということでいいのかしら。騎士《きし》らしく静かに付き従うその姿は、凛々《りり》しくも美しいものだ。

カフェテリアに着くと、テランス様の従者が注文カウンターへと向かった。従業員に案内された席でしばらく待っていると、湯気の立つ紅茶と何種類かのミニケーキが載《の》せられた皿を携《たずさ》えた従者が戻《もど》ってくる。ケーキは日替《ひが》わりで用意されており、名店にも負けない美味《おい》しさだ。今日はなにかしらなどと内心わくわくしながら、わたくしはさりげなくお皿に視線を走らせた。

「姉様がお好きな、チョコレートとラズベリーのケーキがありますね」

するとナイジェルから、そんな耳打ちをされた。嫌《いや》だわ、ケーキを見ていたのがバレていたのね。ナイジェルはわたくしのことを……細大漏《も》らさず見すぎなのよ。

「さて。ベイエル侯爵家の最近の動向だね」

紅茶を口にし一息ついてから、テランス様が言う。わたくしは背筋を伸《の》ばし、こくりと頷いた。

「我が国には隣接《りんせつ》している国が三つばかりあるわけだが。そのひとつであるリーゼティ王国がハイア王国と一時交戦状態になったのは知っているね？」

「ええ、存じております」

ハイア王国は、領土拡大への気持ちが強い好戦的な国だ。そのハイア王国と国境を接しているリーゼティ王国は、たびたびその脅威《きょうい》に晒《さら》されている。

「ベイエル侯爵家は、両国の戦乱を利用して『死の商人』をするつもりだったんだ」

「まぁ……！」

テランス様の言葉に、わたくしは目を瞠《みは》った。

テランス様の話によれば。

　リーゼティ王国の側に領地があるベイエル侯爵家は、リーゼティ王国とハイア王国との戦争でひと稼《かせ》ぎするつもりだったらしい。だけど……。

「意気揚々《いきようよう》と武器や防具の生産をはじめたものの、目算と違《ちが》い戦火はすぐに収まってしまった。そしてさまざまな取引が中止に追い込まれ、要は大損をしたようだよ」

数年は続くだろうと目されていた二国の交戦状態は、半年ほどで終幕した。浮いてしまった武器や防具を抱《かか》えて、ベイエル侯爵家は頭を抱えたことだろう。

「家が傾《かし》いだりするような損害ではなかったけれど、一度に目減りした資産に不安を覚えたのだろう。折悪く、昨年ベイエル侯爵家の領地では農害があったそうだしね」

「農害、ですか」

「麦に取りつく新種のカビが流行《はや》り、甚大《じんだい》な被害《ひがい》が出たそうだ」

それは踏《ふ》んだり蹴《け》ったりな話だ。将来への危機感を覚えても仕方がない。

「さらに言えば。あの家は代々研究者気質で、そちらの方にも莫大《ばくだい》な資金を投じている。だから――」

「今まで固執《こしゅう》していなかったわたくしの婚約《こんやく》者の座に、ベイエル侯爵家は固執しはじめた」

二度あることは三度ある、なんて言葉もある。またなにか大きな出来事が起きる前に、『命綱《いのちづな》』として我が家と縁《えん》を繋《つな》ぎたい。そしてあわよくば二度の損害に対する資金援助《えんじょ》も得たい……そんな目論見《もくろみ》なのだろう。

「たぶん、そういうこと」

テランス様は話をそう締めると、優美な仕草《しぐさ》でケーキを口にして「うん、美味しいね」と笑った。

「必死になった人間は、なにをしでかすかわからない。気をつけて、ウィレミナ嬢」

心配そうにテランス様に言われて、わたくしは頷いた。

「テランス様。貴重な情報、ありがとうございます」

「ふふ、どういたしまして。こちらこそ楽しい時間をありがとう」

お礼を言えば、美しい笑みで返される。

……アルセニオ様が急にわたくしに近づいてきた動機が、テランス様のおかげで見えてきたわね。

婚約の決定権はガザード公爵家にあり、現状ではアルセニオ様が選ばれる可能性は低い。その不可能を可能にするためにベイエル侯爵家がなにか強引《ごういん》な手段に出る、なんてことは考えたくないけれど……。

お茶会の時に感じた必死さを思い返すに、気をつけておくに越《こ》したことはないわね。

休暇《きゅうか》の間は領地に行くというお手紙を、先日お父様に送ったわけだけれど。すんなりと許可が下りると思いきや、お忙《いそが》しい中、学園にまで来たお父様に盛大に渋《しぶ》られてしまった。お父様ったら、休暇の間はわたくしと一緒に過ごせると思っていたらしい。すっかり萎《しお》れきってしまったお父様を見ていると、とても申し訳ない気持ちになってしまったわ。

だけど将来のためだと懸命《けんめい》に説き伏《ふ》せると、「大人になったんだね」と瞳を潤《うる》ませながら最終的には領地に行くことを了承《りょうしょう》してくださったのだ。そして、護衛の用意も約束してくれたのだけれど……。

領地に行く、その当日。

「お久しぶりですね、ウィレミナ嬢」

わたくしたちの前に現れたのは、マッケンジー卿《きょう》とその部下の騎士数名だった。

……ナイジェルは隠《かく》されているとはいえ王族ですものね。最強の近衛《このえ》騎士団団長がいらっしゃってもおかしくはない。おかしくはないのだけれど、王子殿下《でんか》たちの護衛はいいのかしら！

「マッケンジー卿。護衛していただけるのは嬉《うれ》しいのですが、王子殿下たちの護衛はよろしいのでしょうか？」

「ああ、あちらには信頼《しんらい》できる騎士たちを大量につけておりますので大丈夫《だいじょうぶ》ですよ。旅の間の護衛は、どんと俺に任せてください」

マッケンジー卿はそう言うと、逞《たくま》しい胸板《むないた》を拳《こぶし》で叩《たた》いて白い歯を見せながら笑う。マッケンジー卿が信を置く者たちが警護をしているなら、殿下たちは大丈夫なのだろう。彼が無責任なことをするわけがないものね。領地までの道のりは長いけれど、彼がいれば千人力だ。ナイジェルは、少し面白《おもしろ》くなさそうな様子だけれど。

「エルネスタ殿下が来なくて安心していたのに……まさかマッケンジー卿が来るとはな」

「小僧《こぞう》。なにをつぶやいてるんだ？」

ぶつぶつとなにかをつぶやくナイジェルの頭を、マッケンジー卿が強めに撫《な》でる。鷲掴《わしづか》みにしているようにしか見えないけれど、撫でている……でいいのよね？

「ほら、小僧。荷物の積み込みを手伝え」

「はい、わかりました」

手櫛《てぐし》で銀髪《ぎんぱつ》を整えてから、少し不貞腐《ふてくさ》れた顔のナイジェルが馬車へと向かう。大人数なので馬車は二台用意してある。それに荷物を積み込むのも、ひと仕事ね。

近衛騎士団団長自らが雑務を行《え》うことに恐縮《きょうしゅく》したロバートソンが止めに入ったけれど、「なぁに、力仕事しか取り柄がないんでやらせてください」とマッケンジー卿は一蹴《いっしゅう》してしまった。わたくしの初恋《はつこい》の君は、相変わらずとても素敵《すてき》だ。今はもう昔のようにときめいたりはしないけれど、心の底からそう思うわ。

「お嬢様《じょうさま》、旅が楽しみですね」

「ええ。楽しみだわ」

エイリンに声をかけられ、わたくしは笑顔《えがお》でそう返した。
まずは馬車での片道十日間。一体、どんな道行きになるのかしら。

第二章　わたくしと義弟の領地への旅

馬車での旅は実に快適に進んだ。お父様が『ウィレミナの体になにかあっては』、と特別仕様の馬車を用意してくださったのだ。揺《ゆ》れを吸収しやすい車輪と、しなやかな感触《かんしょく》で横になれるくらいに大きな座面のおかげで、体の節々が痛くなるようなことはほとんどない。お父様に感謝をしなければならないわね。

街で宿泊《しゅくはく》したり時には天幕を張ったりしつつで予定通りに行程を消化していき、旅もそろそろ四日目に差し掛《か》かろうという時……わたくしにとっての大事件が起きた。

「ナイジェルと、同室なの？」

その日の宿でエイリンから告げられた内容に驚《おどろ》き、わたくしは呆然《ぼうぜん》とした。ナイジェルと同室。それは、その。一緒《いっしょ》のお部屋で寝《ね》るという認識《にんしき》で間違っていないわよね？

「ええ、宿の部屋数が足りないそうで」

エイリンは申し訳なさそうに言うけれど、さほど大きな問題とは感じていないという表情だ。それもそうよね。ナイジェルとわたくしが血が繋がっていない、そしてナイジェルがわたくしに好意を抱《いだ》いているということは……皆《みな》知らないことなのだから。『血の繋がった』姉弟《きょうだい》が同じ部屋ということに、なんらかの危機感を覚える方がおかしいのよね。

「そのね、エイリン――」

「大丈夫ですよ。私と姉様は姉弟なので」

どうにかこの状況《じょうきょう》を変えるため言い募《つの》ろうとするわたくしの言葉を、背後から現れたナイジェルが遮《さえぎ》ってしまう。口をパクパクとさせるわたくしを見つめてから、ナイジェルはふっと小さく笑った。その時、ナイジェルの背後に救いの神の姿が見えた。

「マ、マッケンジー卿！」

『ナイジェルの本当の素性《すじょう》』を知っている唯一《ゆいいつ》の人。彼の名を呼べば「はいはい、なんでしょう」と軽い調子で言いながらマッケンジー卿がこちらへとやって来る。

「あ、あの！　実は……」

「ほう、ほうほう。なるほどですなぁ」

わたくしが事情を話すにつれて……彼の表情は明らかに面白がるものに変わっていく。

そんなマッケンジー卿の様子を目にして、わたくしは悟《さと》った。

ここにわたくしの味方は一人もいないのだ……と。

「なにも問題はないでしょう。お二人は姉弟なのですし」

「ええ、そうですよ。なにも問題ありませんよね」

マッケンジー卿がにこやかな表情で言い、ナイジェルもここぞとばかりに追撃《ついげき》をする。

エイリンもわたくしたちの様子に少し首を傾《かし》げながらも、「そうですよね、問題ございませんよね」と言って頷《うなず》いた。

「――頑張《がんば》れよ、小僧」

マッケンジー卿、ナイジェルにこっそり耳打ちをしているのが、聞こえてますわよ！

「姉様、安心してください。いびきがうるさいなどということはないかと思いますので」

ナイジェルはそう言ってにっこりと笑う。そ、そういう問題ではないわ！

こうしてわたくしは、ナイジェルと同じ部屋で一夜を過ごすことになったのだった。

エイリンに手伝ってもらって入浴を済ませ、ワンピースタイプの寝衣《しんい》に着替《きが》える。その寝衣の上から、わたくしはさらにローブを羽織った。これくらい着込んでいれば、大丈夫よね。ええ、ナイジェルの前に出てもはしたなくないはずよ。

実は、寮《りょう》にいる際にもナイジェルに寝衣姿を見られたことがある。それも一度や二度ではない。隣《となり》の部屋同士だから、不可抗力《ふかこうりょく》的に鉢合《はちあ》わせてしまうことが何度かあったのよね。その時も当然恥《は》ずかしかったけれど、あれは気持ちを告げられる前だったわけで……。ああもう、なんだか心臓が痛いわ！

そんなことを考えながら浴室と続きになっている部屋に向かうと、簡素な格好をしたナイジェルが長椅子《ながいす》に腰《こし》を下ろしていた。シンプルな白シャツとトラウザーズという姿なのにも関《かか》わらず、その姿はふだんと変わらない凛々《りり》しく麗《うるわ》しい印象をこちらに与《あた》える。

「姉様！」

ナイジェルはこちらに視線を向けると、長いまつ毛に囲まれた目を細めて嬉しそうに笑った。頭の上に子犬のお耳が見えそうな喜びっぷりだ。四六時中一緒にいるのに、ナイジェルはわたくしを見るといつも嬉しそうにする。それだけ、好意を持たれているということなのかしら。い、嫌《いや》ね、妙《みょう》なことばかり考えてしまうわ！

「では、私は失礼いたしますね」

「エイリン……！」

エイリンはぺこりと頭を下げて部屋を出ていってしまう。それを引き止める口実を思いつくことができず、わたくしは右手を上げたおかしな格好で固まることになってしまった。

「姉様。喉《のど》は渇《かわ》いていませんか？　渇いているようでしたら、厨房《ちゅうぼう》で紅茶をもらってきますが」

「じゃあ、お願いしようかしら」

入浴後でたしかに喉は渇いている。なのでナイジェルの申し出は、とてもありがたかった。

「では、行って参りますね」

ナイジェルが立ち上がり、こちらに歩みを進める。彼との距離《きょり》が一気に縮まり、わたくしは思わず後ずさってしまった。そんなわたくしの様子を見て、ナイジェルは目を丸くする。うう、恥ずかしいわ。ナイジェルを意識していることが、これじゃバレバレじゃない！

「怖《こわ》がらないでください、姉様。ただ一晩、何事もなく過ごすだけなのですから」

「そ、そうよね」

冷静にそう言われてしまうと、一人で右往左往している自分が更《さら》に恥ずかしくなる。ふと視界に影《かげ》が差し、わたくしは顔を上げる。するとすぐ側《そば》に、ナイジェルの美貌《びぼう》があった。少し屈《かが》むようにして、彼に覗《のぞ》き込まれていたのだ。

「姉様のことが大事なので、怖いことはなにもしませんよ」

顔を近づけ、しっとりとした声音《こわね》で囁《ささや》かれる。そ、そんなふうに色っぽく囁かれると、『なにもしない』に説得力がまったく感じられないのだけれど！　どう反応していいのかわからず、義弟《ぎてい》から視線を逸《そ》らすこともできない。熱くなる顔を意識しながら、ナイジェルと見つめ合うままになっていると……。

「本当ですから、ね」

ナイジェルは理性的な表情で柔《やわ》らかく笑ってわたくしから離《はな》れ、紅茶を用意するために部屋を出ていってしまった。一人取り残されたわたくしの胸の内には、さまざまな感情が入り混じった波が立つ。

なんだか、腹立たしいわ。どうしてナイジェルはあんなに余裕《よゆう》なのよ！

ずるいわ。わたくしばかりがナイジェルに翻弄《ほんろう》されている。


部屋を出て、扉《とびら》を閉めた瞬間《しゅんかん》。私はその場に崩《くず》れ落ちてしまった。

「……危ない。姉様が愛らしすぎて、理性が吹《ふ》き飛びそうだった。いや、いつもお可愛《かわい》らしいのだが。うん、いつだって姉様は愛らしいな」

真っ赤になっているだろう顔を片手で覆《おお》い隠《かく》しながら、ふだんよりも隙《すき》があるウィレミナ姉様の様子を思い返す。

風呂上《ふろあ》がりで上気した頬《ほお》、しっとりと濡《ぬ》れた黒髪《くろかみ》。きっちりと着込んだローブの隙間からは、細く折れそうな首が覗いている。姉様の黒の瞳は潤《うる》んでおり、見ているだけで吸い込まれそうな錯覚《さっかく》を覚えた。

「あれは、反則だろう」

深呼吸をしてから、ふらつく体を叱咤《しった》し立ち上がる。先ほどの姉様の様子はいつもより落ち着きがなく、どこか慌《あわ》て気味に見えた。

——多少はこちらを意識してくださっている、ということでいいのだろうか。そんな淡《あわ》い期待をしてしまう。

幼い頃《ころ》から、恋愛《れんあい》対象として意識をされないままお側にいた。姉様は長らく私と血が繋《つな》がっていると思っていたので、それは仕方がないのだが。男として意識してくださるようになったのなら、これは大きな進展だ。

同室になったからといって、姉様に不埒《ふらち》な真似《まね》をするつもりは一切《いっさい》ない。姉様はそんな下衆《げす》な手段で手に入れていいような女性ではないのだ。しかし……。

「もっと、意識はしてもらいたいな」

男として意識していただくためには、どうすればいいのだろうか。自分なりに言葉や態度で示しているつもりだが、あいにく私は口が上手ではない。昔から表情筋の方も仕事が下手なようで、姉様の前でちゃんと動いているのか怪《あや》しいところだ。

……テランスのように口も表情も自由自在であれば。

業腹《ごうはら》なことに、あの男は私と違《ちが》って口や表情で考えを伝えることに長《た》けている。それでも姉様には彼の好意が長年伝わっていなかったのだから、姉様の好意への鈍《にぶ》さも大概《たいがい》である。

そんな姉様を、私は意識させていかないといけないのだ。

「……もっと上手《うま》く、愛を伝えられればいいのだが」

唸《うな》りながら階下へ移動すると、同じく厨房に用事があるらしいマッケンジー卿《きょう》と廊下《ろうか》で鉢合わせた。

「……マッケンジー卿」

「よぉ、小僧《こぞう》」

マッケンジー卿は軽く片手を挙げ、にやりと笑う。面倒《めんどう》な人と鉢合わせたものだと思いながらも、私は小さくお辞儀《じぎ》をした。

「どうだ、ウィレミナ嬢《じょう》との同室は」

がしりと肩《かた》に太い腕《うで》を回され笑《え》み崩れた顔を近づけられると、強いアルコール臭《しゅう》がする。どうやら、だいぶ飲んでいるらしい。今夜はマッケンジー卿は見回りの当番がない。なので存分に飲んでいるのだろう。

「どうと言われましても、なにもありませんが」

そう、なにもない。理性を最大動員して絶対になにも起こさない。

「ま、お前に大胆《だいたん》なことができるとは思っちゃいないがな。じゃないと同室になんかさせちゃいねぇ。少しだけでも、ウィレミナ嬢に意識してもらえよ」

マッケンジー卿はそう言うと、楽しそうに笑い声を立てた。するとアルコール臭《くさ》い呼気が空気に散る。ああもう、離れてくれないだろうか。

……しかし。姉様に不埒なことをする気は一切ないが、なにもできないと思われているのも腹立たしいな。

「……意識してもらう、努力をします」

「ああ、しろしろ。だけど暴走はすんなよ？　万が一妙なことをしたら、ガザード公爵閣《こうしゃく》下に首を飛ばされちまうぞ」

マッケンジー卿は縁起《えんぎ》でもないことを言ってから、がははと豪快《ごうかい》に笑う。あり得ることだから、本当に恐《おそ》ろしい。姉様を傷つける者に対して、ガザード公爵は容赦《ようしゃ》をしないだろう。

「いい加減、離れてくださいよ」

マッケンジー卿の体を押して屈強《くっきょう》な肉体を引き剝《は》がそうとしたが、この馬鹿力《ばかぢから》はびくともしない。年を経てもまったく衰《おとろ》えないこの男は、本当に化け物だ。

「貴方《あなた》、かなり酒臭いですよ。そんな体《てい》たらくで、明日の警備はちゃんとできるんでしょうね」

「ふん、馬鹿にするな。酔《よ》っていても二日酔いでも、俺の剣《けん》が鈍ることたぁねぇよ。それはお前も知ってるだろう？」

たしかにそうだ。マッケンジー卿が酩酊《めいてい》している状態で、稽古《けいこ》をつけられたことが何度もある。しかし彼の切っ先が鈍ることは一切なかった。その際の勝敗に関しては、言うまでもない。マッケンジー卿に私が勝てたことは、ただの一度もないのだ。

いつかは必ず勝つ、そのつもりでいるが……。この山は私の前に、あまりにも高く険しく聳《そび》えている。

　――この男は、一応元既婚者《きこん》なんだよな。

　マッケンジー卿の奥方はずいぶんと昔に亡《な》くなっている。その後周囲から後添《のちぞ》えをという話を多くもらっているが、彼はどの縁談《えんだん》にも見向きもしないままだ。同じく亡くなった奥方に一途《いちず》なガザード公爵といい、私の周囲の人間は連れ合いへの情が濃《こ》い人間が多いらしい。そして私もそうなるのだろうという確信がある。姉様が隣《となり》にいる人生しか、私には考えられないのだ。姉様以外の女性は、私には必要ない。

「……マッケンジー卿は、奥方をどう口説いたのですか？」

「は？　いや、なにを訊《き》いてるんだお前は」

　参考にと訊《たず》ねてみれば、マッケンジー卿は珍妙《ちんみょう》な顔になる。気味悪がっているような、苦いものを食べたかのような、そんな顔だ。……たしかに、師匠《ししょう》に訊くべきことではなかったな。しかしもう訊いてしまったのだから、開き直るしかない。

「いえ、参考にさせていただこうかと」

「お前、それは同世代の人間に訊くような事柄《ことがら》だろう。もう少し友達を作った方がいいと思うぞ」

「騎士《きし》学校時代や仕事繋がりの者はおりますが、私の事情のことは話せませんし」

　私の『恋愛』の相談は、姉様と血が繋がっていないことを知る人間にしか話せない。しかしエルネスタ殿下《でんか》に相談するのはごめんだし、ガザード公爵には邪魔《じゃま》をされかねない……となるとこの師匠くらいしか選択肢《せんたくし》はないのだ。

「いや、内情を詳《くわ》しく話さずとも相談くらいは……まぁいい。お前はほんと、あいつに似ずに不器用だな」

マッケンジー卿はそう言って大きなため息をつく。『あいつ』というのは、私と違って大変朗《ほが》らかだった父のことだろう。

「俺の場合は正面から何度もぶつかっただけだよ。お前ほどじゃないが、俺も口が上手い方じゃないしな。ひたすら、『惚《ほ》れた、結婚《けっこん》してほしい』と伝え続けただけだ」

マッケンジー卿はその厚い胸を張りながら、実に得意げに言った。

「……それは、勇気がありますね。拒絶《きょぜつ》されることが恐ろしくはなかったのですか？」

「どれだけ堅牢《けんろう》な城でも、諦《あきら》めずに攻め続《せ》ければいつかは落ちるもんだ」

マッケンジー卿の返答は実にシンプルだ。

本当に大した自信だな。女性の心に好意の芽がなければ、成立しない方法だろうに。いや、好意の芽がなくてもぶつかる方が真摯《しんし》であればいずれは絆《ほだ》されてしまうものなのか？

私も『攻め込んでいる』つもりではあるが、心のどこかに『姉様に拒絶されたら』という畏《おそ》れも持っている。そんな畏れは、マッケンジー卿のように捨ててしまった方がいいのだろうか。畏れは捨てつつも、姉様のお立場などは傷つかないように立ち回らねば。

「貴方らしいですね。聞けてよかったです、ありがとうございます」

参考になるような、ならないような。そんな回答だが勇気はもらえた。

「ところで、マッケンジー卿。先ほどはなぜ、私の味方をしてくださったのですか」

気になっていたことを訊ねると、マッケンジー卿は一瞬虚《いっしゅんきょ》を衝《つ》かれたような顔になった。

マッケンジー卿が一言『ダメだ』と言えば、私はほかの騎士と同室で雑魚寝《ざこね》になったはずだ。けれど彼は、私と姉様が同室となるよう後押ししてくれた。マッケンジー卿は苦い顔――いや、照れているのかもしれない――になると私の肩から腕を外してこちらに背を向けた。

「お前はあいつの子だ。大事な友人の子には幸せになってほしいのは当然だろう」

そして、ぽつりとそうつぶやく。それを聞いて私は目を瞠《みは》った。

「まぁ、あいつの子じゃなくてもだ。小せぇ頃から面倒見《めんどうみ》てるガキには愛着が湧《わ》くもんだしよ。ちゃんとウィレミナ嬢の心を射止めろよ」

がりがりと乱暴に頭をかきながら、マッケンジー卿は厨房《ちゅうぼう》へ向かう。私はその背中を追って、歩みを進めた。

「はい。ありがとうございます、マッケンジー卿」

なんともむず痒《がゆ》い気持ちだ。けれど決して不快ではない。

幼い頃に父とは死別してしまい、もう記憶《きおく》も朧《おぼろ》だ。ガザード公爵は優《やさ》しい人ではあるが、私が王族ということで明らかな一線を引いていた。認めるのは業腹だが、この男が私にとっては一番父に近い存在なのだろう。

「ああ、そうだ。ついでに長生きもしろよ」

「父の分まで、長く生きます」

「……そうしてくれ」

「そして、貴方に勝ちます」

「それは無理だろうな」

くるりとこちらを向くと、マッケンジー卿《きょう》は憎《にく》らしい表情でにやりと笑う。

「いいえ、絶対に勝ちますから」

きっぱりと言い切ってみせると、生意気だと言ってまた楽しそうに笑われた。


——冷静でいなさい、ウィレミナ・ガザード。

ガザード公爵家の娘《むすめ》が、動揺《どうよう》ばかりしていてどうするの。

そんなことを自分に言い聞かせながら、わたくしはナイジェルの戻《もど》りを待っていた。

寝衣《しんい》の上からローブを羽織っていたけれど、さらにその上からケープも羽織った。夏場だから少しばかり暑いけれど、ナイジェルの前にはしたない格好を晒《さら》すよりはいいわよね。

とにかく。いつもの通りに、ペースを乱さず。今夜を乗り切るのよ！

部屋の扉《とびら》がノックされ「姉様。扉を開けていただいても？」と声をかけられる。

深呼吸をして緊張《きんちょう》を逃《のが》してから扉を開ければ、紅茶が載《の》った盆《ぼん》を手にしたナイジェルが立っていた。

「姉様、申し訳ありません。厨房の方が焼き菓子《がし》もつけてくださったので、手が塞《ふさ》がってしまって」

ナイジェルの言葉につられて盆を見れば、焼き菓子の皿が載っている。それもてんこ盛りの量だ。

――これはきっと、ナイジェルが美男子だからおまけをしてくれたのよね。

美貌《びぼう》の義弟《ぎてい》はどんな場所でも女性たちの心を惹《ひ》きつける。これからもきっとそうなのだろう。それを思うと、なんだか胸がちりちりする。

「……姉様？」

わたくしが黙《だま》り込んでしまったからだろう。ナイジェルが愛らしい仕草で首を傾《かし》げる。

こういう仕草は子どもの頃《ころ》と変わらないわね。わたくしは頭《かぶり》を振《ふ》ると、ナイジェルの持つ盆に手を伸《の》ばした。

「ありがとう、ナイジェル。わたくしがテーブルまで運ぶわ」

「いえ、間違《まちが》いがあって姉様が火傷《やけど》をしてはいけませんから。私が運びます」

「……過保護ね」

「はい。姉様が大事なので」

ナイジェルはさらりと言って微笑《ほほえ》むと、長い脚《あし》を動かしローテーブルの方へ行く。そして優美な手つきで、紅茶と焼き菓子をテーブルに並べた。手持ち無沙汰《ぶさた》な心地《ここち》で長椅子《ながいす》に腰《こし》を下ろしナイジェルを見れば、彼は向かいの一人掛《が》けソファーに腰を下ろそうとしている。こういう機会にはいつも隣《となり》に座りたがるのにどうしたのかしら。

「めずらしく、隣に座らないのね」

思わずぽつりと漏《も》らせば、ナイジェルは目を丸くしたのちにそそくさとこちらにやってきた。

「狭《せま》い椅子なので、お邪魔になるかと思ったのです。でも姉様がそう言ってくださるのなら、失礼いたしますね」

ナイジェルはそう言いながら、そそくさとわたくしの隣に座る。た、たしかに二人で座るとぎゅうぎゅうね。少し動くだけで肩《かた》同士が触《ふ》れ合ってしまう。

うう、これは密着しすぎなのではないかしら……！

そうは思うもののなんだか嬉《うれ》しそうなナイジェルを見ていると、今さら別々に座りましょうなんて言えない。そもそもが、わたくしの発言が発端《ほったん》なのだし。

ナイジェルが、ふだんよりも薄《うす》い衣服を着ているからだろう。触れ合う義弟の体からは、しっかりとした体つきが感じられる。その感触《かんしょく》は、隣にいるのが男性だということを嫌《いや》というほど伝えてきた。どうしよう、ドキドキするわ。冷静に、冷静になりなさい、ウィレミナ！

ちらりとナイジェルを見れば、視線同士が絡《から》み合う。ど、ど、どうしてお前もこっちを見ているのかしら！　上手《うま》く視線が逸《そ》らせずに、わたくしはナイジェルと近い距離《きょり》で見つめ合ったままになってしまう。

「……っ！」

ナイジェルの唇《くちびる》から、小さく吐《と》息《いき》が零《こぼ》れた。新雪のように白い頰《ほお》が赤くなり、義弟の恥《は》じらいが見て取れる。おそらくわたくしも、同じような顔をしているはずだ。

「ナ、ナイジェル」

「は、はい。姉様」

「紅茶を飲みましょう！」

「そうですね、飲みましょう！」

勢いよく二人で言ってから、紅茶に手を伸ばす。その際にも腕《うで》と腕がぶつかり合って、わたくしたちは火傷でもしたかのように互《たが》いに手を引っ込めた。真っ赤な顔で見つめ合い……先に表情を緩《ゆる》めたのはわたくしだった。

「ふふ。わたくしたち、慌《あわ》てすぎね」

自分一人で泡《あわ》を食っているのなら、さらに緊張が増したのだろう。けれどナイジェルも一緒《いっしょ》に焦《あせ》っているので、なんだかおかしくなってしまったのだ。くすくす笑っているとナイジェルもふっと表情を崩《くず》す。

「……そうですね。少し、落ち着きましょう」

そう言いつつ、ナイジェルは焼き菓子に手を伸ばす。そして少量を食べて「うん、毒は入っていないようですね」とつぶやいた。

ナイジェル、その確認《かくにん》はお前がすることじゃないと思うのよ。

「一応、紅茶も毒見しましょうか。淹《い》れるところはちゃんと見ていたので、大丈夫《だいじょうぶ》だとは思いますが」

「もう、ナイジェルが毒見をしてはダメでしょう？　本来なら、わたくしがするべきなのよ」

ナイジェルは王族だ。本当なら、毒見などはわたくしがするべきなのである。

この旅の道程はお父様が組んでくださったものだから、宿にはわたくしたちの到着《とうちゃく》前に通達が出ているはずだ。『ガザード公爵《こうしゃく》家の娘を傷つければ、なにがあるかわかっているね』という種類の通達が。

その上でエイリンがわたくしたちの前に出される料理の調理の工程を確認しているから、

毒などが入る可能性は極《きわ》めて低いと思うのだけれど……。

「私なら大丈夫です。毒への耐性《たいせい》を高める訓練もしておりますし」

「くん、れん？」

「ええ、前王妃《おうひ》に命を狙《ねら》われていた頃にマッケンジー卿にした方がよいと言われまして……。さらに毒消しの類《たぐい》も、何種類か常に持ち歩いております」

「そう、なのね」

たしかに……毒の脅威《きょうい》からはマッケンジー卿も守れないものね。前王妃が権力を握《にぎ》っている頃。ナイジェルは毒殺の危機に遭《あ》ったりしたのかしら。それを想像すると心が痛む。

眉尻《まゆじり》を下げるわたくしを目にして、ナイジェルが困ったように笑う。そして焼き菓子をひとつ摘《つま》んで、こちらに差し出した。

「そんなお顔をしないでください、姉様。私はこの通り健在ですので。この焼き菓子、美《お》味《い》しいですよ」

反射的に口を開ければ、焼き菓子が口に入れられる。たしかに、美味しいわね。美味しいけれど……。

これは、あまりよくないのではないかしら。まるで恋人《こいびと》同士がするような行為《こうい》じゃない！　口に入れられてから今さら思っても、すでに遅《おそ》いのだけれど。

「……美味しいわ」

「それはよかったです」

平静を装《よそお》いつつ言えば、ナイジェルが嬉しそうに笑う。そして、また焼き菓子を摘んでこちらに差し出した。

「ナイジェル、自分で食べられるわよ！」

「それは知っておりますが、私が姉様に食べさせたいのです。……ダメですか？」

「ダメ、というか」

ナイジェルは捨てられた子犬のような目でこちらを見つめる。きゅーんという鳴き声の幻聴《げんちょう》まで聞こえてきそうだわ。わたくしは、昔から義弟のこの顔に弱い。

「……仕方がない子ね」

諦《あきら》めたわたくしは口を開けた。幼い頃から、ナイジェルの悲しそうな顔にわたくしが勝てた例《ため》しはないのだ。

「では……！」

焼き菓子がそっと口に入れられ、その際にナイジェルの指先がわずかに唇に当たる。すると彼の白い頬に、ぱっと朱《しゅ》が散った。うう、なによその可愛《かわい》らしいお顔は！

「姉様、あの。申し訳ありません」

「わたくしまで恥ずかしくなるから、そんな顔をしないで」

「そ、そうですね」

ナイジェルは焼き菓子を摘むと、自分でも一口嚙《かじ》る。焼き菓子によって少し膨《ふく》らんだ頰は、まだ赤いままだ。

ふと、ナイジェルとの距離が離《はな》れる。彼がわたくしとは反対側に詰《つ》めたのだ。立派な体格になった彼がそうしていると狭くて座りにくいでしょうに……と考えてわたくしは気づいた。

──もしかしてわたくしを怖《こわ》がらせないように気を使っているのかしら、と。

今さらと言えば今さらなのだけれど、彼の気遣《きづか》いに心がじわりと温かくなった。

「……こうしていると、幼い頃《ころ》に図書室で一緒にお菓子《かし》を食べたことを思い出すわ」

ナイジェルにくっついて回られていた幼少期。屋敷《やしき》の図書室で、私たちは高い頻度《ひんど》で一緒に勉強をしていた。その頃もこんなふうに並んで座って、休憩《きゅうけい》で差し入れられるお菓子を食べていたのだ。あの頃は好意を持たれてるなんて夢にも思っていなかったし、ナイジェルが女の子のように愛らしい容貌《ようぼう》だったこともありさほど気にならなかったけれど……。

思い返せば、距離がこんなふうに近かったわね。

「よく覚えています。僕──いいえ、私にとってあの時間は大切な時間でしたから」

ナイジェルはそう言うと、本当に嬉しそうに頰を緩める。

「お前がそんなふうに思っているなんて、ちっとも気づかなかったわ」

『氷の騎士《きし》』なんてあだ名がつくくらいに表情筋の動きが悪い義弟《ぎてい》だけれど、昔はさらに動きが悪かった。お菓子を食べる義弟はいつも無表情で、なにを考えているのかちっともわからなかったのだ。ナイジェルの表情があまりにも動かないのでお菓子が口に合っていないのかと、コック長が悩《なや》みすぎて胃を壊《こわ》す……なんてこともあったわね。ナイジェルとあとから、懸命《けんめい》にフォローをしたけれど。

「昔から大人びていた姉様でしたが、お菓子を食べる時は無邪気《むじゃき》なお顔になっていたので。それを間近で見られるのがとても嬉《うれ》しかったです」

わたくし、どんな顔をしていたのかしら。貴族の娘《むすめ》としての仮面が剝《は》がれていたなんて、幼い頃のことといえども恥ずかしい。

「……変な顔をしていなかった？」

気になってしまい訊《たず》ねれば、ナイジェルがふっと意味深な笑《え》みを浮《う》かべる。そして、うっとりとした表情になって語り出した。

「お好きなラズベリーのパイを食べる時には表情がわずかに綻《ほころ》び、苦手なナッツのクッキーが出た時には少しだけ不満そうなお顔をする。紅茶が熱かった時には眉間《みけん》に皺《しわ》を寄せてから、冷ますためにミルクを足す。そんなお可愛らしい姉様をたくさん見ることができましたが、変なお顔なんてひとつもしていませんでしたよ」

「……そう」

詳《くわ》しく観察しすぎだし、覚えていすぎだと思うのよ！　もう何年も前のことなのに！

「もちろん、今の姉様もとてもお可愛らしいです」

　ナイジェルはそう言うと、白い頬を淡《あわ》い赤に染めながら愛《いと》おしむような視線をこちらに向けた。そして、口角をゆるりと上げて美しい笑みを浮かべる。国宝級の美貌《びぼう》から放たれた笑みが眩《まぶ》しすぎる。嫌《いや》だわ、心臓がなんだかうるさい気が……！

「姉様、お顔が真っ赤です」

「だ、だ、黙《だま》りなさい！」

　焼き菓子を手にして、ナイジェルの口にぐいと押し込む。ひとまず義弟の口を塞《ふさ》ごうと考えたのだ。

　ナイジェルは目を丸くしながら、口に入れられた焼き菓子をもぐもぐと咀嚼《そしゃく》する。彼はごくんと焼き菓子を飲み込むと……。

「姉様が食べさせてくださるなんて」

　と、目を細めて感極まったようにつぶやいた。この子はいちいち大げさなのよ。そ、そんなつもりで口に入れたわけじゃないわ！

「馬鹿《ばか》なことを言ってないで、そろそろ支度《したく》をして寝《ね》るわよ」

「そうですね、明日《あした》も早いですしね」

「せっかくいただいたものですし、焼き菓子の残りは明日の馬車の中で食べましょう」

「そうですね、姉様」

ナイジェルはニコニコしながら、焼き菓子を紙に包む。そんな彼から視線を外してちらりと寝台《しんだい》を見ると、それは仲よく隣同士《となりどうし》で並んでいた。

歯を磨《みが》き、顔を洗って寝台に横になる。当然のことながら、わたくしに続いてナイジェルも隣の寝台に上がった。

想像よりも距離《きょり》が近くて、なんだか緊張《きんちょう》してしまう。ふだんもじゅうぶん近くにいるけれど、『睡眠中《すいみんちゅう》』という無防備な様子を見せることなんてないもの。ああ、考えれば考えるほど緊張してきたわ！

「姉様」

「な、な、なに。ナイジェル」

「そんなに緊張しないでください、襲《おそ》ったりしませんから」

別に、そんな心配はしていないけれど。この義弟がわたくしの気持ちを無視するようなことはしないことは、よく知っている。ナイジェルに視線をやると、美しい青の瞳と視線がぶつかる。ランプの淡い灯《あか》りに照らされた瞳は青と赤が混じり合って、幻想《げんそう》的なくらいに綺麗《きれい》だ。

「おやすみなさいと、言いたかっただけです」

ナイジェルはそう言ってくすりと笑う。そして、肩《かた》のあたりまで上掛《うわが》けを引っ張り上げた。

「そうね、挨拶《あいさつ》は大事だものね」

「ええ。姉様に出会った時に教わりました」

ナイジェルにはじめて会った時に、そんなことも言ったわね。

「あの時のことは忘れてほしいのだけど。その、不義の子だと誤解して……意地悪で言ったことだから」

「忘れません。姉様との大事な思い出ですから」

「……もう」

思い出を二人で語れるくらいに、ナイジェルと一緒《いっしょ》にいたのね。ふと、そんなことを思う。

「明日のために早く寝ないと。おやすみなさい、ナイジェル」

「はい。おやすみなさい、姉様」

『おやすみ』を言うと、優《やさ》しい声で返される。その声音《こわね》に少し胸が締《し》めつけられた。

この夜のこともいつか思い出として話すことがあるのかしら。その時には、わたくしたちはどんな関係になっているのだろう。

緊張をしていたはずなのに、わたくしはぐっすりと眠《ねむ》ってしまったらしい。

目が覚めるとナイジェルはすでに身支度を整えていた。そんな彼をぼんやりとしたまま寝ぼけ眼《まなこ》で見つめていると、優しい笑みが向けられた。

「おはようございます、姉様。寝起きの姉様も可愛《かわい》いですね」

そんなことを言われて一気に目が覚めてしまう。ナ、ナイジェルったら、いつの間にそんな甘ったるいことを言えるようになったの……！

「おはよう、ナイジェル、その……そんなに見ないでほしいのだけれど」

「嫌です。姉様の一瞬《いっしゅん》一瞬を目に焼きつけながら、私は生きていくのですから」

ナイジェルはそう言うと、長い脚《あし》を動かしてこちらにやってくる。そして、まだぼさぼさなわたくしの髪《かみ》を一房《ひとふさ》取るとそっと口づけした。

「これからも、ずっと見守らせてください」

『ずっと』。その重たくて甘い言葉に心臓が大きく跳《は》ねる。覚悟《かくご》が決まっていないわたくしの背中を、この義弟はぐいぐい押してくる。その勢いにわたくしは翻弄《ほんろう》されてばかりだ。

「ああ、そうだ。寝顔を凝視《ぎょうし》するなんて不躾《ぶしつけ》なことはしておりませんから。少しは拝見させてもらいましたけど」

「も、もう！　なにを言っているのよ！」

恥《は》ずかしくてぺちりと軽く頬《ほお》を叩《たた》けば、ナイジェルが楽しそうに笑う。そんなナイジェルを見ているとわたくしもなんだかおかしくなって、くすくすと笑ってしまった。


残りの旅程には大きな問題はなく、順調に消化されていった。

正確に言えば、一度だけ野盗《やとう》の襲撃《しゅうげき》があったのだけれど……。

マッケンジー卿《きょう》と騎士《きし》たち、そしてナイジェルが、あっという間に倒《たお》してしまったのよね。それも一人も殺すことなくだ。馬車の窓からはらはらしながら戦いを見守っていたわたくしは、本当に驚《おどろ》いた。大きな実力差がないとそんなことはできないものね。

「姉様の騎士ですから、これくらい当然です」と言いつつ得意げな顔をしていたナイジェルは、マッケンジー卿に「調子に乗るな」と軽く小突《こづ》かれていて最後は少しだけ締まらなかったけれど。

野盗たちを捕縛《ほばく》して割合近くに街があったのでそこの警備兵に引き渡《わた》し……という一連の流れを終えても旅程が大きく乱れることはなく、馬車は領地にたどり着いた。

「コーア河だわ」

馬車の窓から見える大河に、わたくしは声を上げた。

ガザード公爵家《こうしゃく》の領地はコーア河やパラム湖などの水源を擁《よう》しており、その潤沢《じゅんたく》な水資源を利用した農業が盛んだ。そして水のさらなる有効利用ができるよう、給水事業も大々的に進められている。

大きな炭鉱も領内にいくつかあり、採掘《さいくつ》される石炭を利用した新技術の開発も推進中らしいわ。お父様は「いつか馬よりも速い車を作りたいね。まぁ、時間はかなり……もしかすると十年単位でかかるかもしれないけれどね」と言っていたわね。どんなものかわたくしには想像が難しいけれど、実現したら素晴《すば》らしいと思う。国内の物流などの事情が、一気に変わるのでしょうね。

カントリーハウスは領内で一番大きな街、ロンデールの側《そば》にある。領地に入ってから数時間馬車に揺《ゆ》られ、わたくしたちはカントリーハウスにたどり着いた。

屋敷《やしき》は王都近くにある屋敷よりも大きなものだ。その勇壮《ゆうそう》たる外観を馬車の窓から眺《なが》めていると、ナイジェルが隣で息を呑《の》むのがわかった。

「立派なお屋敷ですね。庭も……とても広いな」

「そうでしょう？」

「子どもの頃《ころ》にこちらに連れてこられていたら、きっと迷子になっていたでしょうね」

「内緒《ないしょ》だけれど……わたくし子どもの頃にここで一度迷子になったのよ」

カントリーハウスには何年かに一度しか帰らない上に、子どもからするとこの屋敷の広さはもはや迷宮《めいきゅう》だ。見知った部屋に戻《もど》れず泣いていると、今は亡《な》きお母様が慌《あわ》てて捜《さが》しにきてくれた。抱《だ》きしめられ、背中を撫《な》でられながら慰《なぐさ》めてもらったあの日の思い出は……ほろ苦いけれどかけがえのないものだ。

「姉様でも、迷うことがあったのですね」

「ふふ、そうなの。さ、降りましょう」

屋敷の前につけられた馬車から降り、ナイジェルに手を引かれながら玄関《げんかん》へ向かう。わたくしたちの後ろからはマッケンジー卿と騎士たち、そしてエイリンが続いた。先触《さきぶ》れを出すために一足早く屋敷に来ていたロバートソンが扉《とびら》を開けると、懐《なつ》かしい顔が姿を現した。代官総轄《そうかつ》のグレンだ。

「お嬢様《じょうさま》、お久しぶりです」

「グレン、久しぶりね」

会うのは何年ぶりかしら。グレンの口元の皺《しわ》が昔よりも深くなったのを見ると、年月の経過を感じるわね。グレンはガザード公爵家の遠縁《とおえん》であるモンロイ伯爵《はくしゃく》家の三男で、お父様の学生時代の同級生でもある。ふわりとした茶色の髪と茶色の垂れ目の美中年で、現在独身。仕事一筋で結婚《けっこん》をする予定はないらしい。ガザード公爵家の領地経営の重要部分を担《にな》う彼を狙《ねら》っている令嬢や未亡人は多いと聞くから、これからどうなるかはわからないけれど。

「会えて嬉《うれ》しいわ」

「私もです、お嬢様」

片手を取られ、両手で優しく握《にぎ》られる。わたくしも彼の手に握られていない方の手を重ねて、そっと握り返した。グレンはわたくしの手を離《はな》すと、ナイジェルに視線を向ける。そして一瞬目を細めてから、優雅《ゆうが》な一礼をした。

「はじめまして、ナイジェル様。ガザード公爵領の代官総轄をしております、グレンと申します」

「はじめまして、グレン殿《どの》」

「グレンと呼び捨ててください」

グレンはそう言うと、柔《やわ》らかな笑《え》みを浮《う》かべる。

「では、そうさせていただきます。グレン」

ナイジェルもうっすらと微笑《ほほえ》んでみせた……のだと思うけれど、その表情の変化はわずかだった。

グレンは次にわたくしたちの背後にいる人物——マッケンジー卿に視線を向ける。

「はじめまして、グレン殿。護衛でやってきました、マッケンジーと——」

「その堂々たる体軀《たいく》……やはり貴方《あなた》様がマッケンジー卿でしたか！　いらっしゃると聞いて、お会いできるのを楽しみにしていたのです！」

マッケンジー卿の名乗りが終わる前に、グレンは少年のように無邪気《むじゃき》な瞳になり感激含《ふく》みの声を上げる。

英雄《えいゆう》的なご活躍《かつやく》を多々しているマッケンジー卿には、老若男女《ろうにゃくなんにょ》問わず信奉《しんぽう》者が数多くいる。こんなふうに彼を見てはしゃぐ人々をたくさん見たことがあるわ。グレンもどうやらその一人だったらしい。こんなにはしゃいでいる彼ははじめて見たわね。

「ぜひ、いろいろなお話をお聞かせいただけますと嬉しいです」

「ふむ。喜んでいただけるような土産話《みやげばなし》はなにもありませんが」

「いやいや、ご謙遜《けんそん》を。よい酒もご用意しておりますので、ぜひ！」

「やや！　それはありがたいですな」

「グレン様！　まずはウィレミナお嬢様とナイジェル様のご案内をしてくださいませ」

すっかりマッケンジー卿に夢中なグレンに、エイリンがそっと注意をする。彼ははっとした表情になると、こほんと小さく咳払《せきばら》いをした。

「……ウィレミナお嬢様、ナイジェル様。お部屋の方にご案内します」

……グレン、取り繕《つくろ》ってももう遅《おそ》いわよ。

案内されたのは、屋敷の二階にある日当たりのよい部屋だった。

幼い頃から、わたくしに用意されるのはこの部屋だ。カントリーハウスの人の出入りは多くない。グレンと使用人たち、時折訪《おとず》れるお父様、たまの客人。その程度のものだろう。けれど屋敷はどこもかしこも、一分の隙《すき》もなく美しく磨《みが》き上げられている。この部屋も例外ではない。

「昔から、グレンは几帳面《きちょうめん》なのよね」

そんな性格だからいろいろなことに目端《めはし》が利《き》く。だからこそ、代官総轄という責任のある仕事をお父様に任されているのだ。

「姉様、入ってもいいですか？」

扉がノックされ、ナイジェルの声がした。

「大丈夫《だいじょうぶ》よ、ナイジェル」

許可をすると、ナイジェルが顔を出す。その顔はなぜだか困り顔だ。一体なにがあったのかしら？

「お昼の準備ができたそうです」

「あら、そうなの。たしかにお腹《なか》が空《す》いたわね」

「ですが……その。マッケンジー卿とグレンが意気投合していらっしゃるので、多少うるさいかもしれません」

ああ、なるほど。だからナイジェルは困った顔をしていたのね。平民の身から近衛《このえ》騎士団団長まで上り詰《つ》めた、この国の生ける伝説。それを目にして多少でも高揚《こうよう》しない王国民の方が、少数派だろう。

わたくしだって、そんなマッケンジー卿に憧《あこが》れていたのだ。だから、マッケンジー卿を目の前にして舞《ま》い上がるグレンの気持ちはとてもわかるわ。

「お嬢様。別のお部屋に食事の準備をしていただきましょうか？」

眉尻《まゆじり》を下げながら、部屋を整えてくれていたロバートソンがそう提案してくれる。エイリンも「そうしましょうか、お嬢様」と苦笑《くしょう》しながら後押しをするけれど……。

「いいのよ、ロバートソン。グレンと話したいこともあるし、食堂で食べるわ」

グレンには領地のことをいろいろ訊《き》いて、視察の前の予備知識を得なければならない。

まだ遠い背中だけれど……お父様に追いつくために、わたくしは努力を続けなければならないのだ。

「姉様、ではお手を」

ナイジェルからそっと手が差し出される。わたくしが反射的にその手に手を載《の》せると優《やさ》しく握られ、見惚《みと》れてしまいそうなくらいに美しい笑みが向けられた。

「考えてみたら、階下に降りるだけなのにエスコートなんて――」

「行きましょう、姉様」

『必要ないわね』とわたくしが言う前にナイジェルが優しく、けれど有無《うむ》を言わさずこちらの手を引く。もう、近頃《ちかごろ》は本当に強引《ごういん》ね！

ナイジェルに手を引かれて階下に降りると、食堂に入る前から楽しそうな話し声が響《ひび》いていた。

「ロダル山岳《さんがく》戦やモール平原の乱でのご活躍は本当に素晴らしいもので……！　記録や文《ぶん》献《けん》を眺めているだけで、本当に心が躍《おど》ります！」

「大げさですよ、グレン殿」

「いいえ！　自分は家の都合で騎士《きし》への道を断念したこともあり、心から貴方様に憧れているのです！」

「はは、熱烈《ねつれつ》ですね」

グレンの声は興奮しており、マッケンジー卿《きょう》のお声は機嫌《きげん》がとてもよさそうだ。グレンがお酒を用意していると言っていたし、酔《よ》っているのかもしれないわね。旅の間もよく飲んでいらしたし……。

「失礼します」

ナイジェルは室内に声をかけると、わたくしの手を引いて食堂へと入る。するとテーブルの上には数々のもてなしの料理が並び、見るからに高そうなお酒の空き瓶《びん》が転がっていた。

「お嬢様！　ナイジェル様！」

わたくしたちを目にしたグレンはぴんと背筋を伸《の》ばす。

「や、ウィレミナ嬢。申し訳ありません、先にいただいておりまして……」

マッケンジー卿も席から立ち、申し訳なさそうに一礼をする。その頰《ほお》は少し赤く、彼の酔いを感じさせた。

「いいのよ、マッケンジー卿。旅の間、護衛の任を見事に務めてくださったのだもの。たくさん羽を伸ばしてほしいわ」

部外者がいる空間であれば、少しばかり厳しいことを言わなければならなかったかもしれない。だけど今は身内の人間しかおらず、マッケンジー卿にはこの旅でたくさんお世話になったのだ。

わたくしの言葉を聞いて、マッケンジー卿は「いやはや」と言いながら軽く頭を搔《か》いた。

「お嬢様《じょうさま》。この酒は私費で買ったものでして……！　我が物顔で屋敷《やしき》で過ごしたりはしておりませんので！」

お酒の空き瓶に、わたくしが視線をやったことに気づいたのだろう。グレンが慌《あわ》てて言い繕う。

グレンのことは信用しているしそのくらいこちらで出してもよいのに……いえ、むしろ出すべきなのよ。遥々《はるばる》王都から護衛をしてくださったマッケンジー卿をもてなすためなのだもの。

テーブルに近づけば、ナイジェルがわたくしの手を解放してさっと椅子《いす》を引く。

この義弟《ぎてい》はいろいろなことが板についているわね。……使用人の仕事を奪《うば》うのはどうかと思うけれど。フットマンが少し困惑《こんわく》した様子で、空振《からぶ》りになってしまった手をさまよわせているじゃない。

そんなことを考えつつわたくしが椅子に腰《こし》を下ろすと、すぐ隣《となり》にナイジェルが素早《すばや》く座った。

「ねぇ、グレン。訊きたいことがあるのだけどいいかしら？」

「はい、お嬢様。もちろんです。なにをお訊きになりたいですか？」

柔和《にゅうわ》な美貌《びぼう》を引き締《し》めたグレンが、こちらを見つめる。どこからどう見ても落ち着きのある知的な美中年でマッケンジー卿とお話ししている時の様子がまるで嘘《うそ》みたいね。

「わたくし将来に向けて領地のことをもっと知りたいの。だから、今回の休暇《きゅうか》では領地の視察を行いたくて。視察の前にグレンが領地を監察《かんさつ》していて思うことを知りたいわ。それといくつか、指定する分野の資料の用意をしてもらえると嬉《うれ》しいのだけれど」

製造業や鉱業の分野に関しては知識が浅すぎるので、今回は福祉《ふくし》と農業に限った視察をしようと決めている。その資料をグレンに用意してほしいのだ。

「お嬢様……」

グレンはわたくしの話を聞いて、目を丸くする。そしてふっと口元を緩《ゆる》めた。

「大変、ご立派になられましたね」

「大げさよ、グレン」

「いいえ、大げさではありません。あんなに小さかったお嬢様が……」

「一体、何年前の話をしているのよ」

くすくすと笑うわたくしを目にして、グレンも忍《しの》び笑いを零《こぼ》す。

「小さな頃《ころ》の姉様か。それは見てみたかったたな」

隣ではぽつりとナイジェルがそんな言葉をつぶやく。お前と出会った頃より少し小さいだけで、代わり映《ば》えしないと思うわよ。

「最近、領地でなにか気になることはあった？」

「そうですね。基本的には問題のない地域ばかりなのですが。ひとつだけ、気になる場所が」

グレンはそう言ってから、眉根《まゆね》を寄せる。すると眉間《みけん》に深い皺《しわ》が寄った。

「教えて、グレン」

「はい。つい先日、フィオレ村で多くの麦の立ち枯《が》れが急激に起きているとの報告が上がってきまして。おそらくですが、作物がなんらかの病にかかっているのではないかと」

フィオレ村は麦の収穫《しゅうかく》量が領内で特に多い穀倉地帯だ。そこで作物の病が流行《はや》っているとしたら深刻な事態ね。

「フィオレ村の様子……わたくしが見に行ってもいいかしら？　わたくしからの報告が不

十分だと感じるなら、別の人員に代えていただいて大丈夫だから」

「はい、お嬢様にお願いしましょう」

グレンは笑顔《えがお》で、迷う様子もなく断言した。

「いいの？　グレン」

「ええ、かまいませんよ。お嬢様の勤勉さを私は存じておりますので。それにマッケンジー卿をはじめとする騎士の方々や、ナイジェル様が護衛についてくださるのなら安心ですしね」

グレンはそう言いながら、ナイジェルに視線を向ける。

「ずいぶんすんなりと、護衛の数に入れてくださるのですね」

ナイジェルはその視線を受け、首を傾《かし》げながらそうつぶやいた。そういえばそうよね。ナイジェルが王弟殿下《でんか》の息子《むすこ》……ということをグレンは知らないにしても、彼は公爵《こうしやく》家の男子なのだ。護衛を『される』立場に置くのがふつうだろう。

「ガザード公爵閣下から、ナイジェル様は騎士として日々研鑽《けんさん》を積んでいると報告を受けております。その腕前《うでまえ》はマッケンジー卿からも評価されているとか」

「まぁ、評価していないこともない……程度ですがね」

グレンの言葉に、マッケンジー卿がワインを口にしながらそう言い添《そ》える。なんだかんだと、評価はしていらっしゃるのね。マッケンジー卿からその言葉を引き出せる騎士が、この国に何人いることか。

「『難しい』二人のお墨《すみ》つきなら、ナイジェル様の腕は本当にたしかなのでしょうね。そしてそこまでのご研鑽を積んでいるということは、将来は騎士としての道をお望みなのだと推測しているのですがいかがでしょうか」

ナイジェルが躊躇《ちゅうちょ》なく頷《うなず》くのを目にして、グレンは「なるほど、なるほど」と小さくつぶやく。

「それならばやはり、ナイジェル様はお嬢様の護衛につくべきだ」

グレンは奥に感情の含《ふく》みのある柔《やわ》らかな笑みを浮《う》かべると、話をそう締めた。

……グレンはお父様の忠臣だ。そして、お母様とも親しかった人物だ。『庶子《しょし》であるナイジェル』の扱《あつか》いを、探《さぐ》りあぐねているところがあったのだろう。お父様からのナイジェルに関する報告、ナイジェルの将来への『欲』のなさそうな様子。そんなさまざまなものに、心から安堵《あんど》したのかもしれない。

グレンは恐《おそ》らくだけれど……わたくしに肩入《かたい》れをし後継《こうけい》であることを望んでいる。だからこそ視察の許可もすんなりと下りたのだ。

本来なら視察にはグレンの手の者を派遣《はけん》する方がよいのだろう。優秀《ゆうしゅう》な彼の部下も、また優秀なのだから。

けれど、グレンはわたくしを信じて任せると言ってくれた。しっかりと視察をして、不備のないようグレンに報告しないとならないわね。

その後はグレンとマッケンジー卿がまた飲酒により上機嫌になってしまったので、巻き込まれないうちに退散することを決めた。ナイジェルも同じ考えだったようで、こちらの食事が済んだタイミングを見計らいそっとわたくしの手を取る。

「では、私たちはこれで失礼いたしますね」

そして二人に一声かけると、彼らの返事を待たずしてそそくさと食堂をあとにした。マッケンジー卿《きょう》がナイジェルを呼ぶ声がしたけれど、彼は聞こえないフリを決め込んでいる。

「本当に、困った大人たちだな」

廊下《ろうか》に出ても聞こえる大きな笑い声に眉《まゆ》を顰《ひそ》めながら、ナイジェルが零《こぼ》した。

「でも、とても楽しそうね」

「……たしかに、楽しそうではありますが」

「大人になったら、わたくしもお酒を飲んで愉快《ゆかい》な気持ちになったりするのかしら」

グレンとマッケンジー卿の様子を見ていると、お酒を飲んで明るく過ごすことは楽しそう……なんて思ってしまうわね。羽目を外しすぎるのは、当然よくないと思うけれど。

「姉様はチョコレートにわずかに入っている洋酒でも酔《よ》ってしまわれるではないですか。たくさんのお酒を飲むのはきっと危ないですよ」

……ナイジェルの言葉を聞いて、わたくしははっとした。うう、そんなこともたしかにあったわ。この子ったら、嫌《いや》なことを思い出させるわね。

まだ子どもだった頃。おやつに出されたチョコレートに香《かお》りづけ程度の洋酒が入っており、それを口にしてふらふらになってしまったことがあったのだ。長椅子に倒《たお》れ込んだわたくしを目にして、ナイジェルが泣きそうな顔で焦《あせ》っていたのを覚えている。そして、酔っているだけだと気づいて安堵していた様子も。酔いが覚《さ》めた時、とても恥《は》ずかしかったわね。

「飲んでみないとわからないわ。今は体質が変わって、酒豪《しゅごう》になっているかもしれないわよ？」

「では、後ほど洋酒入りのチョコレートをお持ちするので試《ため》してみましょうか」

悔《くや》し紛《まぎ》れにつんと言ってみせれば、軽《かろ》やかにそう返される。

「お前ったら、そんな意地悪を言うようになったのね」

「姉様が強情《ごうじょう》だからです。また倒れてしまわないかと、心配な私の気持ちもわかってください。あの時のように倒れても、今度はきちんと胸をお貸しする心の準備はできておりますが」

ナイジェルはこちらに視線を向け、自身の胸をとんと軽く叩《たた》く。わたくしは白の騎士《きし》服に包まれたそのすっかり立派になった胸板《むないた》を、ついつい見つめてしまった。

ナイジェルの胸を借りる。そ、それは……抱《だ》きしめられるということよね。

その光景を想像すると動揺《どうよう》してしまいそうだったので、生まれかけていた想像を無理やり押し込める。

「……嫌だわ。子どもの頃から一緒《いっしょ》にいると、変なところもたくさん見られてしまっているのだもの」

「ふふ。ではその変なところを私がよそで吹聴《ふいちょう》しないように、この先も一緒にいて、私を見張っていた方がいいと思いますよ？」

ナイジェルは悪戯《いたずら》っぽく笑いながら、意味深なことを言う。

「この先も、一緒に」

それは、『姉弟《きょうだい》』としてという意味では当然ないのよね。

氷のように冷たい色の碧眼《へきがん》。その奥に、明確な熱情が揺《ゆ》らめいている。繋《つな》がれた手がすいと持ち上げられ、美しい唇《くちびる》が手の甲《こう》につけられた。窓からの日差しに照らされた義弟《ぎてい》は人形のように美しくて、けれどその頰《ほお》には血液が巡《めぐ》っている証左の朱《しゅ》が散っている。そのふんだんな色香《いろか》を漂《ただよ》わせる美貌《びぼう》を見つめながら、わたくしはぽかんと口を開いて間抜《まぬ》けなお顔になってしまった。

少し間が空いて、心臓がどくどくと激しい音を鳴らしはじめる。ああもう、嫌ね。動揺しまいと思っていたのに、結局動揺を誘《さそ》われてしまった。

ナイジェルとの将来を想像すると胸がさらに高鳴る。だけどそれはわたくしに許される生き方なのだろうか。ガザード公爵家の娘《むすめ》であるわたくしは、常に『正しい選択《せんたく》』をしなければならない。だから、だから……。

「姉様、貴女《あなた》の人生の最良の選択となるよう努力いたしますね。姉様が私を選んでくださった時に後悔《こうかい》をしないように」

ナイジェルは美しい笑《え》みを浮かべると、わたくしの考えを見透《みす》かしたような言葉を重ねる。いえ。長く一緒にいるこの子には、わたくしの考えなんてお見通しなのかもしれないわね。

──この子は、悪魔《あくま》なのかしら。

そんなことを言われてしまうと心の赴《おもむ》くままに……この子の手を取ってしまいたくなるから困るのよ。

夜になり就寝《しゅうしん》する時間となったけれど、わたくしは上手《うま》く眠《ねむ》れずにいた。久しぶりのカントリーハウスの枕《まくら》が合わないとかそういう理由ではない。義弟の顔や言葉が脳裏《のうり》をちらつき、睡眠《すいみん》を妨《さまた》げるのだ。

「……眠れないわ」

つぶやいて、夜の薄闇《うすやみ》の中で何度も瞬《まばた》きをする。それもこれもナイジェルのせいよ、心をかき乱すことばかり言うんだから。

蠟燭《ろうそく》の灯《あか》りは尽《つ》きかけており、ゆらゆらと頼《たよ》りなく揺れている。その炎《ほのお》を見つめながら、わたくしはふっとため息をついた。

寝台を出て、夏の夜とはいえ肌寒《はだざむ》かったので薄《うす》いガウンを羽織る。そして燭台《しょくだい》に火を灯し、気配を殺しながら廊下に足を踏《ふ》み出した。

夜の廊下は薄暗く、頼りになるのは手元の燭台と窓からの月明かりだけだ。けれど幼い頃《ころ》に駆《か》け回った屋敷《やしき》だからか、その闇が恐ろしいとは思わなかった。

とある部屋を目指して、わたくしは歩みを進める。あの部屋に『絵』はまだ飾《かざ》ってあるはずだ。

屋敷の奥へと進み、目的の部屋へたどり着く。音をなるべく立てないように気をつけながら扉《とびら》を開けたつもりだったけれど、夜の静寂《せいじゃく》に音は意外に大きく響《ひび》いた。

部屋に入ると……そこには以前来た時と変わらない光景が広がっていた。

上品な意匠《いしょう》の家具。女性のために用意されたのだと察せられる、レースをふんだんに使ったカーテンや寝具。古いロマンス小説が詰《つ》まった本棚《ほんだな》。机の上に載《の》せられた、お父様宛《あ》ての書きかけの手紙。

ここは、お母様が生前使っていた部屋なのだ。お母様を深く愛していたお父様の意向で、この部屋はお母様が使っていた頃のまま残されている。カントリーハウスに戻《もど》るたびに、この部屋でお母様を懐《なつ》かしんでいらっしゃるのでしょうね。

「ここだけ、時が止まっているみたい」

ぽつりとつぶやき、部屋の奥の壁《かべ》へと視線を向ける。そこには、優《やさ》しげな笑みを浮《う》かべる美女の肖像画《しょうぞうが》があった。緩《ゆる》くウェーブがかかった腰《こし》までの黒髪《くろかみ》、意志の強そうな大きな黒の瞳《ひとみ》、少女のあどけなさを残した妖精《ようせい》のような容貌《ようぼう》。華奢《きゃしゃ》な体は上品なデザインの青のドレスに包まれている。

わたくしの……お母様の絵だ。

お母様はとても優しい人だった。絵にはその雰囲気《ふんいき》がよく表れている。

「お母様。わたくしどうすればいいのかしら。家のために生きていくと、そう決めていたのに。……近頃《ちかごろ》、心を揺らされてばかりなの」

答えてくださらないとはわかっていても、ついそんな言葉を零《こぼ》してしまう。

お母様とお父様の出会いは、いわゆる政略結婚《けっこん》だった。けれどお父様がお見合いの場でお母様に一目惚《ひとめぼ》れをし、懸命《けんめい》に……そして真摯《しんし》にお母様を口説き落としたのだ。ガザード公爵《こうしゃく》家の方がお母様の生家であるゼーレ辺境伯《へんきょうはく》家よりも家格が上だったのだから、お母様の意思など無視して娶《めと》ることはできたのだ。けれどお父様は、お母様のお心がないことをよしとしなかった。

そんなお父様のご様子に絆《ほだ》されたお母様もいつしか恋《こい》に落ち、二人は政略結婚でありな

がら も互《たが》いに心を結ぶ夫婦《ふうふ》となったのだ。

『彼女の気持ちも、ほしかったからね』

いつか照れくさそうに、お父様は言っていたっけ。その言葉を聞いてわたくしは、お母様が羨《うらや》ましいとたしかに感じたのだ。

「……姉様」

「ひゃん！」

声とともに肩《かた》にぽんと手を置かれ、わたくしは尻尾《しっぽ》を踏まれた犬のような情けない悲鳴を上げてしまった。わたくしを『姉様』と呼ぶ人物なんて、一人しかいない。恨《うら》めしげな顔をしながら振《ふ》り返ると、そこには予想の通りにナイジェルが立っていた。

「……可愛《かわい》らしい悲鳴ですね」

ナイジェルは口元に手を当て、明らかに笑いを堪《こら》えている。いや、笑っているわね。そんな声を出させたのはお前でしょう！　もう！

「お前のせいで出た悲鳴よ。もっと丁寧《ていねい》な声のかけ方があるのではなくて？」

じっとりとした目で見つめれば、ナイジェルは少し気まずそうな顔になる。

「申し訳ありません、姉様」

けれど謝罪をしつつも、その口元はまだ緩んでいた。またナイジェルに、変なところを見られてしまったわね。

「どうして、お前はここに来たの？」

「姉様が部屋を出る気配に気づき、心配になってしまったので」

ナイジェルの部屋はわたくしの部屋の隣《となり》だ。優秀《ゆうしゅう》な騎士である彼が、わたくしが部屋を出る気配に気づいても、なんらおかしくはない。

「途中《とちゅう》で声をかけてくれてもよかったのに」

「申し訳ありません、なんとなく声をかけそびれてしまって。女性をつけ回すような、不《ぶ》躾《しつけ》な真似《まね》になってしまいました」

ナイジェルはしゅんと肩を落とすと眉尻《まゆじり》を下げる。わたくしのことを心配しての行為《こうい》なのだし、もっとしゃんとしていればいいのに。

「ふふ。つけ回されたなんてことは思っていないわ。ありがとう、心配をしてくれて」

そう言って笑いかければ、ナイジェルは安堵《あんど》したように息を吐《は》いた。

ふと、ナイジェルの視線がお母様の絵へと向けられる。空色の目が驚《おどろ》いたように瞠《みは》られ、わたくしと絵画の間を何度も往復した。

「この絵は……姉様の母君ですか？」

「ふふ、そうよ。よくわかったわね」

「とてもよく似ていらっしゃるので。まるで生き写しですね」

おかしなことを言う子ね。つい首を傾《かし》げながら、ナイジェルを見てしまう。

「なにを言っているの。お母様の方がわたくしよりも綺麗《きれい》でしょう？」

わたくしはお父様に面差《おもざ》しが似ていると言われることが多い。だからナイジェルの言葉に少し驚く。

地味だ地味だと陰口《かげぐち》を叩《たた》かれることが多いわたくしと違《ちが》って、お母様は美しいと評される方だった。……その見目に反して、根っからの武家である辺境伯家で育ったお母様は結構なお転婆《てんば》でもあったそうだけれど。そんなところも素敵《すてき》だったというお父様の惚気《のろけ》を何回聞いたかしら。

「公爵夫人ももちろんお綺麗ですが、姉様の方がさらにお綺麗に見えます。私が姉様に恋をしているからでしょうか」

ナイジェルは甘ったるい言葉を吐いてから、こちらをまっすぐに見つめる。この子は本当に！　そんなことを言われたらまた眠れなくなってしまうじゃない。

「お、お前は本当に変わっているわね」

「思ったことを素直に口にしているだけです。心のままに生きるのも悪くないですね。姉様が……そんなにもお可愛らしい反応をしてくださるのだから」

「可愛らしいだなんて、そんなことないわ」

「いいえ。姉様は本当に愛らしくて、愛《いと》おしい存在だ」

青の目が細められ、紅《あか》い唇《くちびる》が笑みを刻む。燭台の灯りと月明かりに照らされたナイジェルの美貌《びぼう》は幻想《げんそう》的なくらいに美しくて、この美しい人からの恋情《れんじょう》が一心にこちらに向けられていることが不思議でならない。

ナイジェルの手が伸《の》び、わたくしの髪《かみ》に触《ふ》れる。少しの違和《いわ》を覚えたけれど、それはナイジェルが手袋《てぶくろ》をしていないせいだろう。騎士《きし》服に身を包む時の彼は、いつも手袋をしていたから。指が長くて形がよく、騎士らしく傷だらけで無骨な手。それを目にしていると、どうしてなのかいけないことをしている心地《ここち》になる。

「姉様」

「な、なにかしら」

「姉様のお母様は、どのような女性だったのですか？」

ナイジェルの意外な問いに、わたくしは目を瞬《またた》かせた。

「お母様のことを知りたいの？」

「はい、私が公爵家に来る前に病没《びょうぼつ》されたことしか知らないので。姉様を愛したお方がどんな人だったのか……少し知りたくなりまして」

ナイジェルはそう言いながら、わたくしの髪から手を離《はな》す。彼の手から髪束が逃《に》げるのを目にしながら、安堵と残念に思う気持ちが同時に湧《わ》き上がる。その『残念』の方には見ないフリをしながら、わたくしはナイジェルに視線を向けた。

「お母様は美しくて、優しい方だったわ。だけど優しいだけじゃなくて、いつでも凛《りん》としていて正しい人。そしてすべての所作が綺麗な方だったの。まるでお姫《ひめ》様のようだといつも思っていたのよ。わたくしはそんなお母様の真似ばかりをしていたの」

お母様に憧《あこが》れていた。そしてお母様のような淑女《しゅくじょ》になれればと懸命に彼女から学んだのだ。

「姉様の美しい考え方や振る舞《ま》いは、義母《はは》上譲《うえゆず》りのものだったのですね。それが姉様によって、私に教えられた。姉様を通して、私は義母上のことをすでに知っていたのですね」

ナイジェルがぽつりとそう漏《も》らす。そんな考えもあるのかと、わたくしは目を瞠る。だけど……。

「たしかに幼い頃《ころ》にお前にいろいろ教えたかもしれないけど、高潔な動機からではないわ」

「姉様は悪い人に、まったくなりきれていませんでしたよ。義母上の教育の賜《たまもの》ですね」

「……まぁ」

お母様のおかげで、わたくしはナイジェルに本当の意味での酷《ひど》いことをせずに済んだのかもしれない。それを思うと感謝の気持ちが胸に湧く。お母様は、やっぱりすごい人なのだわ。

「人がいなくなっても、残るものはあるのね。教えてくれてありがとう、ナイジェル」

お母様はもういない。だけど教えられたものは、わたくしの中にちゃんとあるのだ。それを知ることができて、泣きたいくらいに嬉《うれ》しくなる。

「いいえ、姉様」

「お前がご両親からもらったもののことも……嫌《いや》じゃないなら聞きたいわ」

わたくしはナイジェルのご両親のことをあまり知らない。そして訊《き》いていいものかと、迷ってもいたのだ。

「いつでも訊いてください。だけど、今夜はダメです。姉様にはちゃんと睡眠《すいみん》を取ってほしいですからね」

ナイジェルはそう言って笑うと、肩からずり落ちそうになっていたわたくしのガウンを掛《か》け直す。

「そうね、今夜は寝《ね》ましょうか」

差し出された、心配性《しんぱいしょう》の義弟《ぎてい》の手を取る。その手はとても、温かなものだった。

――お母様との日々と同じように、ナイジェルとの日々もわたくしの中に降り積もっている。

それはこれからも降り積もり、わたくしの中でどんどん大きくなるのだろう。

それを『思い出』とする人生になるのか、さらに大きなものとしていくのか。

『思い出』にする人生を選ぶ想像をすると胸が強く締《し》めつけられて、わたくしは縋《すが》るようにナイジェルの大きな手を握《にぎ》りしめた。

第三章　わたくしと義弟の領地の視察

旅の疲《つか》れを取るため三日ほどカントリーハウスでのんびりと過ごしたのちに、わたくしたちはフィオレ村へと出発した。

本当はすぐにでも出発したかったのだけれど、休息を取ることも仕事だとグレンに諭《さと》されてしまったのだ。たしかにゆっくりのペースだったとはいえ旅の期間は長かったし、知らず知らずに積み重なった疲労《ひろう》で倒《たお》れてしまっては元も子もないものね。

今日のわたくしの服装はつば広の白の帽子《ぼうし》と、夏用の薄《うす》い生地《きじ》の青いドレスだ。スカートの下のペチコートは一枚のみという、簡素な着こなしにしている。視察なのに身動きがしづらかったら、どうしようもないものね。麦畑に分け入ることも予想できるのだし。

……正直、とっても楽ね。何枚もたっぷりとペチコートが詰《つ》まった重いスカートには、もう戻《もど》れなくなりそう。

ナイジェルはいつもの通りの騎士服だけれど、暑くはないのかしら。もしかすると騎士服にも、夏用の生地があるのかもしれないわね。

視察に伴《ともな》っているのはナイジェルとマッケンジー卿《きょう》、そして旅の間も護衛をしてくれた騎士たちだ。あまり大所帯になっても……と、エイリンとロバートソンはカントリーハウスでお留守番ということになった。

「マッケンジー卿。今回は片道二時間の短い道行きですし、村までの道のりは治安も悪くありません。留守番をされてもいいのでは？」

わたくしたちと同じ馬車に乗り込んだマッケンジー卿に、ナイジェルがそんな失礼なことを言う。この子ったらなにを言い出すのかしら。王族の護衛を軽々《けいけい》に放《ほう》り出せるはずがないじゃない。

「今の俺の仕事は、主にお前の護衛なんだよ。一緒《いっしょ》に行かないわけにはね」

マッケンジー卿はナイジェルの態度など意にも介《かい》さず、飄々《ひょうひょう》とした様子で軽く肩《かた》を竦《すく》めた。

「む……」

ナイジェルは『護衛が護衛をされるなんて』とでも言いたげな、不服げな表情になる。

「お前が『姉様』にいいとこを見せたいのはわかってるよ。よほどのことがなけりゃあ手《て》柄《がら》を取り上げたりはしねぇから、安心しろ。お前の剣《けん》の腕《うで》を疑っているわけでもねぇ」

……マッケンジー卿がナイジェルの剣の腕前を、かなり直接的にお褒《ほ》めになったわ。

それだけ、彼の剣の実力はたしかなものとなっているのだろう。マッケンジー卿はお世辞を言うような人ではないもの。こんなふうに褒められることは想定外だったようで、ナイジェルは目を瞠《みは》りつつぽかんと口を開けている。そんなナイジェルの頭をわしゃわしゃと撫《な》でてから、マッケンジー卿は白い歯を見せてにかっと笑った。

「しかし、だな。どんなに強くなっても、なにが起きるかなんてわからねぇ。お前の父親だって俺には及《およ》ばないまでも強かった。けれど戦場で命を落としたんだ。そんな『もしも』や『万が一』を防ぐために、俺はお前といなくちゃなんねぇ」

そう口にするマッケンジー卿の表情は、哀愁《あいしゅう》含《ふく》みのものだ。戦場に散った王弟殿下《でんか》へ思いを馳《は》せているのだろう。

「……父さん」

ナイジェルが眉尻《まゆじり》を下げながら、ぽつりと小さくつぶやく。この場でわたくしだけが王弟殿下との思い出を持っていないのね。そのことが少しだけ寂《さび》しく思えた。

「不測の事態を防げなかった時に悲しむのは……誰《だれ》でもないウィレミナ嬢《じょう》だ。わかるな？」

「はい、わかりました」

マッケンジー卿の言葉に、ナイジェルは素直《すなお》に頷《うなず》く。そんな彼の頭を、マッケンジー卿はふたたび大きな手でかき混ぜた。整えられていたナイジェルの髪《かみ》は、すっかりぐしゃぐしゃになってしまっている。

「……髪が」

不満げな顔のナイジェルを見て、マッケンジー卿がからからと笑う。気の毒になり銀の髪に手を伸《の》ばせば、ナイジェルは甘える犬猫《いぬねこ》のようにわたくしの手にそっと頭を寄せてきた。触《ふ》れたナイジェルの髪は艶《つや》やかで、するりと指の間から逃げてしまうくらいに滑《なめ》らかな感触《かんしょく》だ。わたくしの硬《かた》い質感の髪とは大違《おおちが》いだわ。肌《はだ》も真っ白で綺麗《きれい》だし、まつ毛も見るたびに驚《おどろ》くくらいに長い。この子は女性がほしくてたまらないものを、たくさん持っているわね。

「ほら、できたわよ」

「ありがとうございます、姉様」

手櫛《てぐし》で髪を整えてからリボンを結び直せば、ナイジェルが嬉しそうに笑う。その笑顔《えがお》につられて、わたくしも頬《ほお》を緩《ゆる》めた。

「いやいや、すっかり二人の世界ですね」

かけられた言葉に、わたくしはハッとなる。声の主であるマッケンジー卿に目をやれば、彼はなんだか嬉しそうに口元を緩ませていた。

「ほ、ほ、ほら！　マッケンジー卿、馬車が動きましたわ！　ええ！」

「そうですね、馬車が動きましたね」

ごまかそうと発した言葉は、我ながらお粗末《そまつ》なものだった。マッケンジー卿は口角をさらに上げ、ナイジェルも小さく吹《ふ》き出している。もとはと言えばマッケンジー卿がナイジェルの髪を乱したせいなのに！

「……村はどんな状況《じょうきょう》なのかしら」

気を取り直して、村の現状へと思いを馳せる。

「植物の病気は、最悪の場合は数年間その土地に悪い影響《えいきょう》をもたらしますからね。手を打てる段階だといいのですが」

マッケンジー卿も真剣な表情になり、太い指で顎《あご》を擦《さす》った。

「出発前までに、カントリーハウスの図書室にあった農作物の病気に関する本はすべて読みました。すでに解決方法が提示されているものだといいのですけれど」

座学も得意な義弟はそんなことをしていたらしい。わたくしにつききりのように思えたのに、いつの間に……。もしかして睡眠時間を削《けず》ったのかしら。申し訳ない気持ちになるけれど、わたくしもグレンにもらった領地に関する資料を読むことで手一杯《ていっぱい》だったので助かったわ。

「ありがとう、ナイジェル。大変だったでしょう？」

「いえ、大したことでは」

「無理をしてはダメよ？　眠《ねむ》かったら、移動中に少しでも寝なさい。お前は護衛なのだから体調はとても大事でしょう」

「ですが……護衛中に眠るわけには」

ナイジェルは護衛でなくても、大事な義弟だ。だから無理をさせたくはない。よくよく見れば目の下には隈《くま》があり、お顔は少し眠たそうだ。

「お前が寝《ね》ている間は、マッケンジー卿がちゃんと守ってくれるわ。だから、遠慮《えんりょ》なく寝ればいいの」

「そうだぞ、小僧《こぞう》。体調は万全《ばんぜん》にしとけ。いざという時、お前の姉様を守れなかったらどうするんだ」

マッケンジー卿もわたくしの言葉を後押ししてくださる。

「……ありがとうございます。お言葉に甘えてしまうかもしれません」

彼はそう言うや否《いな》や、小さくあくびをした。もう、やっぱり無理をしてるじゃない。

「甘えてしまうかも、じゃなくて。寝なさい、ナイジェル」

「……はい」

強い口調で言い聞かせるように言えば、ナイジェルは申し訳なさそうに眉尻を下げながら了承《りょうしょう》の言葉を口にする。そしてこくこくと船を漕《こ》ぎはじめた。彼はあっという間に窓にもたれかかるようにしてすうすうと寝息を立てはじめ、それを目にしたわたくしはほっと胸を撫で下ろした。これで少しでも、疲労が減ってくれるといいのだけれど。

眠っているナイジェルはふだんより幼く見えて、子どもの頃《ころ》のあどけない姿を彷彿《ほうふつ》とさせる。そんな彼の寝顔を見つめていると、少し懐《なつ》かしい気持ちになった。

「おやすみなさい、ナイジェル」

手を伸ばして銀色の頭を撫でれば、意識がないのにも関《かか》わらず彼はその手へと擦《す》り寄ってくる。そのまま頭の重みで長身が傾《かし》ぎ、彼はわたくしの肩にもたれかかる姿勢となった。

一瞬《いっしゅん》寝たフリをしてからかっているのかとも思ったけれど、ナイジェルの寝息はたしかな深い眠りを感じさせるものだ。

「――！」

そんな寝息に肌をくすぐられどうしていいのかわからなくなり、声にならない声を上げつつマッケンジー卿《きょう》を見れば、唇《くちびる》に人差し指を添《そ》えて『静かに』という身振《みぶ》りをされた。

たしかに、ここでわたくしが動いたり声を上げたりすればナイジェルを起こしてしまうだろう。だけどこんなの落ち着かないわ！

申し訳ないけれど、一度起こして体勢を変えてから寝てもらおうかしら。だけど安らかな寝息を聞いていると、起こすのが忍《しの》びなくなってしまう。

「起こしたら、可哀想《かわいそう》ですよ」

マッケンジー卿はそう言うと、少年のような悪戯《いたずら》っぽい笑みを浮《う》かべる。

「そう、ですわね」

しばらく葛藤《かっとう》したのちに、わたくしはナイジェルを起こすことを諦《あきら》めた。仕方がないじゃない。わたくしのために、彼はこんなにくたくたになってしまったのだもの。ナイジェルは懸命《けんめい》に……わたくしを支えてくれようとしている。それを思うと、胸がじわりと熱くなった。

……ところで。わたくしはどちらかと言えば小柄《こがら》な方だ。そしてナイジェルは、すっかり立派な青年に成長しきっている。そんな彼の体は細身に見えて、案外重い。結果、肩《かた》が少しずつ疲《つか》れてくるのだ。人の頭って意外と重いのねなどと現実逃避《とうひ》をしながら、わたくしは遠い目となった。

「……ん」

村に着く頃にナイジェルはようやく目を覚まし、ぼんやりとした表情で視線をうろうろとさまよわせた。そしてわたくしが目に入ると、不思議そうに首を傾げる。うう、頭を動かされると少しくすぐったいわ。

「あれ……姉様？」

「よく眠っていたわ。少しでも疲れが取れているといいのだけれど」

「あれ、僕。どうして……姉様が、こんなに近くに」

一人称《いちにんしょう》が子どもの頃の『僕』に戻《もど》っている。きっと寝ぼけているのね。さて……どうしたものかしら。

「ナイジェル、もうすぐ村に着くわよ。その、そろそろ起きてもらえると助かるのだけれど」

ナイジェルの頭をずっと載《の》せていたので、肩に疲労《ひろう》が蓄積《ちくせき》されている。今ではこの体勢が恥《は》ずかしいから起きてほしいという気持ちよりも、この重みから解放されたいという気持ちの方が大きい。この体勢は、長時間やるものではないのね。

「……起き、る」

ナイジェルはぽつりと言ったあとに、ハッと我に返った表情になる。

「ね、姉様！　申し訳ありません！」

彼は自分の現状に気づいたらしく、大きな声で謝罪をしながら一気に身を起こした。わたくしたちの様子を興味深げに眺《なが》めていたマッケンジー卿がぶはっと大きく吹き出し、それを聞いたナイジェルが恨《うら》めしげな目をマッケンジー卿に向ける。

「マッケンジー卿、起こしてくださいよ！」

「いやいや、気持ちよさそうに寝てたからな。疲れてたんだろ？」

「疲れては、おりましたが」

「よかったじゃないか。愛《いと》しの姉様に支えてもらえて」

「マ、マッケンジー卿！」

改めてそう言われてしまうと恥ずかしさが蘇《よみがえ》り、わたくしは声を荒《あら》らげてしまう。ナイジェルは口元を押さえ、真っ赤になった顔で「姉様に、支えて……」と小さくつぶやきを漏《も》らした。だ、だから改めて言わないで！

「事故でそういう体勢になっただけなのよ。そう、それだけなんだから」

「そ、そうですよね。事故ですよね」

「そう、事故だから仕方ないの」

ああもう、顔が熱いわ！　扇子《せんす》をぱちりと開き、わたくしは懸命に顔に風を送る。けれど顔の熱はなかなか引かない。この気まずさをどうしていいのかわからず窓の外へと視線を送り……わたくしは気づいた。

「……立ち枯《が》れている麦が目立つわね」

窓の外には一面の麦畑が広がっていた。そして、一見してわかるくらいに変色した箇所《かしょ》が目立っている。ナイジェルも窓の外へと目をやり、眉《まゆ》を顰《ひそ》めた。

「本当ですね。これはかなりの被害《ひがい》が出ていそうだな」

事態は想像していたよりも深刻なのかもしれない。そんな悪寒《おかん》が走り、胸を暗澹《あんたん》たる心《ここ》地《ち》が満たす。先ほどまで感じていた頰《ほお》の熱も、いつの間にか引いていた。

フィオレ村にたどり着くと、グレンからの事前連絡《れんらく》を受けていた村長が出迎《でむか》えてくれた。村人たちも遠巻きにこちらを眺めている。ナイジェルに見惚《みと》れている村娘《むらむすめ》たちもたくさんいるわね。どんな場所であっても、この義弟《ぎてい》の端麗《たんれい》な容姿は女性の目を引く。

「お越《こ》しいただき、本当にありがとうございます。まさか公爵《こうしゃく》家のお嬢様《じょうさま》自らお越しくださるとは」

五十代半ばに見える村長は、恐縮《きょうしゅく》した様子で何度も頭を下げる。その顔はやつれており、心労が溜《た》まっているだろうことが察せられた。

「そんなに畏《かしこ》まらないで。皆《みな》の役に立てるよう、しっかりと視察させてもらうわね。しばらく村に通うことになるけれど、特別なもてなしなどはしなくていいから」

「ですが――」

「今は大変な時でしょう？　無理をしてほしくないわ」

「ありがとう、ございます」

村長はわたくしの言葉を聞いて安堵《あんど》含《ふく》みの表情になる。世間知らずの貴族の令嬢になにか無理難題を言われないかと、不安だったのかもしれない。

村長の気持ちを想像すると、申し訳なくなる。村にやっと視察が来たと思えばそれは若《じゃく》輩《はい》者……どころではない小娘なのだ。

けれど、わたくしは『ご令嬢のお遊び』のような視察をするつもりは毛頭ない。

――不安は結果で拭《ぬぐ》えばいい。

むしろ、それしか方法はないだろう。同時に、わたくしではきちんとした報告を上げることが無理だと判断した場合の引き際《ぎわ》もちゃんと考えておかなければ。自身の手柄《てがら》にこだわりグレンの配下への引き継《つ》ぎが遅《おく》れるようなことがあれば、麦への被害は広まってしまう。それだけは絶対に避《さ》けねばならないのだ。

麦畑に向かいながら、村長にどのような症状《しょうじょう》が麦に出ているのかを訊《たず》ねてみる。すると……。

「紫色《むらさきいろ》のカビが前触《まえぶ》れもなく急速に広がり、あっという間に麦を枯《か》らしてしまったのです。こんな症状ははじめてで、ほとほと困り果てておりまして」

村長は苦しそうに顔を歪《ゆが》め、力なく肩を落とした。ちらりとナイジェルに視線を向けると、静かに首を横に振《ふ》る。残念ながら、彼が読んだ本の中には思い当たる症状はないようだ。

「このカビ、人体への害などはあるのかしら」

「今のところは農作業中に喉《のど》を痛めたり、体調を崩《くず》したりなどの話は聞きませんね」

村長に訊ねれば、彼はそう言って首を傾《かし》げる。ひとまずは人体への影響《えいきょう》は薄《うす》いようで、わたくしはほっとした。

「今のところ害がなくてよかったわ。だけど念のため、麦畑に立ち入る際にはカビを吸い込まないように気をつけて」

今は害が出ていないといっても、長く吸引することにより健康に害があるかもしれない。この点も専門家に調査をお願いしないといけないわね。

そういえば。昨年、ベイエル侯爵《こうしゃく》家の領地でも新種のカビによる麦への被害が出たとテランス様がおっしゃっていたわね。

そのカビの症状はどんなものだったのかしら。そして事態は無事に収まったのだろうか。

アルセニオ様に書簡を送り情報の提供や協力を求めたいところだけれど、先日のお茶会の際のアルセニオ様の様子を思い返すと彼に弱みを見せることが得策だとは思えない。だけどこれは危急の事態で……判断が難しいところだ。

麦畑に着いたわたくしは、目の前に広がる痛ましい光景に絶句した。

「これは……」

馬車から目にした光景ではあるものの、近くで見るとなおさらひどい。広大な麦畑のかなりの割合の麦に毒々しい紫色のカビが侵蝕《しんしょく》しており、葉や実りかけの穂《ほ》が腐《くさ》り、萎《しお》れてしまっている。この麦たちが侵蝕から立ち直り黄金の麦穂を風に揺《ゆ》らす光景は、現状からはまったく想像ができなかった。

「案内をありがとう。戻っていただいて結構よ」

村長に案内の礼を述べて見送り、わたくしは麦畑と向かい合った。村長やナイジェルの知る範囲《はんい》では同じ症例はないようだけれど、類似《るいじ》点のある症例の対処法が有効かもしれない。症状をできるだけ詳細《しょうさい》に書き留めないと。

「では、俺たちはこちらに控《ひか》えておりますので。なにかありましたら、遠慮《えんりょ》なくお声をかけてください」

マッケンジー卿《きょう》はそう言うと、騎士《きし》たちとともに少し離《はな》れた場所に立つ。ナイジェルはそちらへは行かずに、わたくしのすぐ後ろに立った。

「……ナイジェル？」

「私は念のため、近くで姉様をお守りします。マッケンジー卿の許可もちゃんと得ておりますので、持ち場を離れているわけではないですよ？　麦の様子に関しても、私に気づけることがあるかもしれませんし……」

「ふふ、そうね。じゃあ一緒《いっしょ》にいてもらおうかしら」

こんな長閑《のどか》な農村で厳戒《げんかい》を要することがあるとは思えないけれど、頼《たの》もしいのはたしかだものね。わたくしの返事を聞くと、ナイジェルの口元が嬉《うれ》しそうに緩《ゆる》む。この子は本当にいつまで経《た》っても子犬のようだ。近頃《ちかごろ》はたまに……狼《おおかみ》のようにもなるけれど。

「さて」

わたくしは用意していた白い手袋《てぶくろ》を着け、紫色……ものによっては漆黒《しっこく》に染まっている麦穂《ばくすい》に手を伸《の》ばして触《ふ》れた。するとかさりと乾《かわ》いた音が立ち、例年通りなら中身がしっかりと詰《つ》まっているのだろう麦穂はその形を脆《もろ》くも崩れさせた。手のひらに崩れた麦穂を載《の》せ、指先で触れてみる。すると内側から、ぽろぽろと黒色の粉が零《こぼ》れてきた。本来なら薄《うす》茶色《ちゃいろ》の丸い粒《つぶ》だったはずのものだ。

「中まで枯れて……いえ、カビに食《く》い荒《あ》らされてしまっているわね」

「まさしく侵蝕されているという様子ですね。朱斑病《しゅはんびょう》でもここまでひどいことにはならないはずだ」

ナイジェルはそう言うと、ぐっと眉根を寄せた。朱斑病というのは、百年ほど前からある麦の病だ。同じく麦にカビが取りつくものだけれど、ナイジェルの言うようにここまでの様相には至らないはず。

――侵蝕が早く、こんな惨状《さんじょう》をもたらすなんて。これがさらに広がったらと思うとぞっとするわね。

そんなことを考え、わたくしは背筋を凍《こお》らせた。

村民たちがすでに試《ため》しているかもしれないけれど、次回の来訪の際には朱斑病用の農薬を用意しましょう。症状の強弱はあれど同じカビなのだ、効いたら僥倖《ぎょうこう》だもの。人体への影響が少ないものをグレンに用意してもらわないと。強力だとしても人体に後々影響が出るものは使うべきではないわ。

水源に異状がないかも確認《かくにん》するべきね。農業水に異状が起きたせいでカビが広がった可能性もある。それと……。

「フィオレ村の納税量を今年は減らさないとダメね。いつもの通りの納税をさせてしまうと、備蓄《びちく》ができずに冬に飢《う》えて死ぬ者が出てしまうわ。グレンに相談してから、お父様に書簡を送りましょう」

「お父様ならきっと、わかってくださるかと。そして早急に対応をしてくださいますよ」

ナイジェルが口元を緩めながらこちらを見つめていることに気づき、わたくしは眉を顰めた。

「ナイジェル。どうしてそんなに嬉しそうなのよ」

ナイジェルは『しまった』という表情になると、平静を装《よそお》いながらこほんと小さく咳払《せきばら》いをする。

「こんな大変な時に不謹慎《ふきんしん》だとわかっておりますが、真剣《しんけん》な姉様は素敵《すてき》だなと考えていました。姉様はよき女公爵様になりますね」

そして、慈《いつく》しむような表情でそんなことを言ったのだった。

この子ったら、そんなことを考えていたのね。無事にお父様の跡《あと》が継げたら、『よき女公爵』になるつもりでは当然のことながらいるけれど。

「……わたくし、お父様のようになれるかしら」

ぽつりと、弱気な言葉が零れてしまう。わたくしはお父様には敵《かな》わない。それを補う努力は死ぬ気でするつもりでいるけれど、民《たみ》がわたくしとお父様を比較《ひかく》して不安に思わないか今から心配だ。わたくしは……どうすればいいのだろう。どうすれば間違《まちが》えないでいられる？　強い不安が胸を浸《ひた》し、重いため息となって零れ落ちる。そんなわたくしの手を、大きな手が握《にぎ》った。それは……ナイジェルのしっかりとした感触《かんしょく》の手だった。

「たしかにお父様は政《まつりごと》に関する天賦《てんぷ》の才をお持ちです。ですが、姉様だからこそできることもたくさんあるはずです」

　ナイジェルは真剣な表情でそう言って、わたくしの手を握る力を少し強める。片手に麦穂を持ったままなので、なんだか様にならないわね。いえ、それ以前にどうして手を握るのかしら！　それにわたくしだからできることなんて、まったく思い当たらないのだけれど。

「お父様じゃなくて、わたくしだからできることなんてなにも思いつかないわ」

「姉様は今だって、真摯《しんし》に領民の危機と向き合っているじゃないですか。その真摯なところが姉様のよさだと私は思います」

「ナイジェル……」

「それに、姉様は昔から努力家です。その懸命《けんめい》なお姿に、皆《みな》がきっと惹《ひ》かれるでしょう」

　ナイジェルのくれる言葉たちのおかげで、心の中で背負っていた荷物が少しだけ軽くなったような気がした。わたくしは、お父様とまったく『同じ』にはならなくてもいいかしら。

「お前はわたくしを褒《ほ》めすぎなのではないかしら？」

「いいえ、むしろ褒め足りないと思っておりますよ。姉様は自身を過小評価しすぎなのです。姉様はとても素敵な人です」

　本当にこの子は。そんなことばかり言われると……胸が苦しくなるからやめてほしいわ。

「……いやぁ、ご姉弟《きょうだい》は本当に仲がいい」

そんなマッケンジー卿の一言で、わたくしは我に返った。振《ふ》り向くと、マッケンジー卿と騎士たちが微笑《ほほえ》ましげにこちらを見つめている。もう！　そんな顔で見ないでほしいわ！

「ほら、調査を進めるわよ！」

「はい、姉様」

照れくさくなり強い口調で言うわたくしに、ナイジェルは笑顔《えがお》で頷《うなず》いた。

名残惜《なごりお》しい気持ちでナイジェルの手を離し、麦畑の奥へと分け入る。そしてわたくしは日が暮れるまで調査に励《はげ》んだのだった。

夜になり屋敷《やしき》に帰ったわたくしは、その足でグレンの執務室《しつむ》を訪《おとず》れた。服をところどころ泥《どろ》で汚《よご》したわたくしを目にしたグレンは、「報告は入浴後でもよかったのですよ」と少し苦笑《くしょう》しながら言った。それも考えたのだけれど、気が急《せ》いていたからまずは報告をと思ったのだもの。

ナイジェルは見落としがあるかもしれないからと言って、図書室に向かった。また、無理をしないといいのだけれど……。

「グレン。フィオレ村の麦の状況《じょうきょう》は、想像していたよりも深刻だったわ」

執務机に調査の報告書と小瓶《こびん》に採取した麦穂を置くと、グレンは報告書を手に取り目を通しはじめる。教師の採点を待つ生徒のような落ち着かない気持ちで、わたくしはグレンが報告書を読み終わるのを待つ。しばらくすると、グレンは顔を上げてわたくしに微笑みかけた。

「お嬢様《じょうさま》。まずはしっかりとした報告書をありがとうございます」

「足りないところがあれば、遠慮なく言って。主人の娘《むすめ》だからという忖度《そんたく》の類《たぐい》は必要ないから」

「いえ、本音で話しておりますよ」

どうやらグレンの言葉は本物らしい。彼は間違っている時には間違っているとちゃんと言うものね。及第点《きゅうだい》をもらえて、ほっとし胸を撫《な》で下ろす。実務的な報告書を作るのははじめてのことなので、少し自信がなかったのだ。

「しかし、新種のカビですか」

紫色《むらさきいろ》の麦穂を眺《なが》めながら、グレンが眉間《みけん》に皺《しわ》を寄せる。

「ええ。この症状《しょうじょう》に心当たりはあるかしら？」

「寡聞《かぶん》ながらございませんね」

「そう……」

博識なグレンならもしかしてと思ったのだけれど、彼も知らないのね。

「こちらの麦穂は農業の専門家に送りましょう。そして見解を求めます」

「助かるわ、グレン。お医者様を派遣《はけん》して、カビのせいで村人に健康被害《ひがい》が出ていないかも調べてちょうだい。それとね」

ひとまず朱斑《しゅはん》病用の農薬を試してみようと思っていること、水源の調査もしたいこと、お父様に相談して同意が得られればフィオレ村の今年の納税量を下げていただこうと思っていること。それらのことを話すとグレンも賛同してくれた。

「減税だけではなく支援《しえん》も考えないといけませんね」

「ええ、わたくしもそう思っていたの。それと、フィオレ村の近くには親を亡《な》くした子どもたちのための養護院もあるでしょう？　村が困窮《こんきゅう》するということは、養護院の生活も困窮するということだから……そちらにも支援ができたらなって」

フィオレ村近くの養護院の子どもたちは、村人たちの手伝いをして手間賃などをもらっている。麦の収穫期《しゅうかくき》は例年通りであれば彼らにとっても稼《かせ》ぎ時……のはずだった。しかし村人たちが困窮すれば、その仕事も当然減ってしまう。

「そちらもガザード公爵《こうしゃく》の許可が下り次第《しだい》、状況を確認したのちに支援をいたしましょう」

「養護院の視察にはわたくしが行きたいわ。子どもたちの暮らしぶりをこの目でたしかめたいから」

少々先走った話になってしまっているけれど、お父様は必ず許可を出してくださるだろう。

「承知しました、お嬢様」

「周囲の地域から不満が出ないように、対策もしないといけないわね」

「そちらは私にお任せを」

協力を惜しまない姿勢のグレンの言葉の数々に、わたくしは嬉《うれ》しくなってしまう。民がいなければ、わたくしたち貴族の生活は成り立たない。だから、こういう時に助けを惜しむことがあってはならないと思っている。それがノブレスオブリージュというものなのだ。

「お嬢様はよい女公爵様になりますね」

数時間前に聞いた言葉をグレンが言うものだから、わたくしは目を丸くしてしまった。

「グレンもナイジェルと同じことを言うのね」

「本当のことですよ」

グレンは立ち上がると、わたくしの頭に手を伸《の》ばそうとする。しかしその手が触《ふ》れることはなかった。

「お嬢様はもう、頭を撫でられて喜ぶようなご年齢《ねんれい》ではないのでした」

グレンは苦笑すると手を下ろす。何年も会わなかったから、グレンの中のわたくしのイメージは子どものままなのかもしれない。

「あら、撫でてくれてもよかったのに」

「レディにそのようなことはできませんので」

「ふふ、レディと言ってくれてありがとう。……あ」

「どうしました、お嬢様」

ふとあることを思いつき、口からつぶやきが零《こぼ》れる。グレンはそれを聞き逃《のが》さず、問いが向けられた。

「その。頼《たの》み事ばかりで申し訳ないけれど、ベイエル侯爵《こうしゃく》家の領地で昨年流行《はや》った新種のカビのことを調べてもらえるかしら。これは内密に」

「……内密に、ですか」

グレンは不思議そうな顔をする。ベイエル侯爵家は婚約《こんやく》者候補の家……つまりはガザード公爵家とは協力関係にある家だ。その領地の事情を『内密』に調べろと言われて、困惑《こんわく》しているのだろう。

「ええ、フィオレ村で発生したカビと同一のものなのか知りたくて。直接訊《き》けば早いのはわかっているのだけれど、ベイエル侯爵家に借りを作りたくないの。……きっとその借りは高くつくから」

お茶会の時の一部始終や、テランス様からの情報。それらを話すとグレンは納得《なっとく》しながら、怒《いか》りを湛《たた》えた表情となる。

「なるほど。自領の損失をお嬢様との婚姻《こんいん》により補おうとしていると。テランス様のように定期で交流を持っていたならともかく、長らく交流を持たずにいたくせに……図々《ずうずう》しい家ですね」

「そうね、わたくしもそう思うわ」

「わかりました。ベイエル侯爵領に早馬で密偵《みってい》を放ちましょう。返事を持ち帰るまでには、少々お時間をいただくかと思いますが」

「ありがとう、グレン」

ベイエル侯爵領に、今回の農害の解決の糸口があるといいのだけれど。

アルセニオ様の食えない笑顔を思い浮《う》かべながら、わたくしはため息を漏《も》らした。

麦穂《ばくすい》を送った専門家からの返事は『未知の症例なので、今すぐにはお役に立てそうにない』と芳《かんば》しいものではなく、広大な麦畑に散布した朱斑病用の農薬は、効果があるか不明である。詳《くわ》しい者を伴《ともな》っての水質の調査も、空振《からぶ》りに終わった。麦の栽培《さいばい》に使用している水源にはまったく異状がなかったのだ。

――ここ十日ほど、事態に進展がない。

ベイエル侯爵領に放った密偵もまだ戻《もど》っていない。焦《あせ》っても仕方がないとわかっていても、今この瞬間《しゅんかん》にも農害がフィオレ村に広がっているのだと思うと気が急いてしまうわね。

ふたつ、よかったこともある。お父様から減税と支援に関しての承諾《しょうだく》の書簡が返ってきたのだ。これでひとまずは、冬の間フィオレ村の人々は飢《う》えずに済むだろう。

よかったことのもうひとつは、お医者様の目で見てもカビが原因と思われる健康被害が見られなかったことだ。何年か経《た》って症状が出るものという可能性は捨てきれないけれど、ひとまずは安心できる。

今日は養護院とフィオレ村に行き、支援などの許可が出たことを伝える予定だ。たびたび村を訪《おとず》れているためか、最初は恐縮《きょうしゅく》ばかりしていた村人たちの態度も柔《やわ》らかなものとなってきた。その様子に少しだけ安堵《あんど》を覚える。親しみやすい貴族というのは問題があるかもしれないけれど、恐縮されっぱなしというのもどうにも窮屈《きゅうくつ》なのだ。

本日の出立の準備を済ませて階下に下りると、暗い顔をしたグレンがやってきた。それを目にしたわたくしとナイジェルは顔を見合わせる。

「グレン、なにかあったのかしら」

「お嬢様、ナイジェル様。知らせがあります」

「……話して、グレン」

グレンの顔色から見るに、それは明るい話題ではないだろう。

「はい。まずはこちらへ」

グレンは執務室《しつむ》へわたくしたちを導き、一枚の紙を机に広げた。それは領内の地図で、何か所かに赤いインクで円が記してある。それを見てわたくしは眉《まゆ》を顰《ひそ》めた。どれもグレンからもらった資料により、最近覚えた場所だったのだ。

「円の箇所は、どれも主要な穀倉地帯ね」

「はい、その通りでございます」

グレンがこれを用意した理由を推測し――嫌《いや》な予想へと行き着く。

「グレン、まさか」

「各地に早馬を飛ばして麦の状況《じょうきょう》を調べたのですが、円の箇所でも紫色《むらさきいろ》のカビが発見されました。幸いにしてカビは広がりきっていなかったので、侵蝕《しんしょく》された麦を念入りに刈《か》り取り燃やすよう指示をしております。フィオレ村の麦畑と比べますと被害《ひがい》は少なく済むかと」

「どうして、こんなことに」

衝撃《しょうげき》的なグレンの話を聞き終え、わたくしは口元を押さえた。今年は気候がよく雨量が必要以上に多いなどということもなかった。各地域の水源は共通のものではなく、フィオレ村と同じく水源が原因ではないだろう。ではなにが原因なの？　一度刈り取ったからといって、原因がわからないと安心できない。

紫色に染まった麦穂が脳裏《のうり》をちらつく。受けた衝撃のせいでふらりと体が傾《かし》いだけれど、大きな手によって肩《かた》を支えられる。――それは、ナイジェルの頼《たよ》りになる手だった。

「姉様、最悪の事態は防げたのです。前を向き、次に備えて原因と対処法を突《つ》き止めましょう」

彼はまっすぐにわたくしを見据《みす》え、きっぱりとした口調で言う。ナイジェルの手、手から感じる温かさ、強い視線。それらに励《はげ》まされながら、しっかりと床《ゆか》を踏《ふ》みしめる。

「そう、ね」

グレンが人を派遣《はけん》してくれなかったら、事態はもっと深刻なものとなっていただろう。ナイジェルの言う通りに最悪は免《まぬが》れたのだ。

「グレン、各地の状況を確認《かくにん》してくれてありがとう」

「ウィレミナお嬢様《じょうさま》、各地の状況の確認を提案したのは私ではありません。ナイジェル様にお礼を言ってくださいませ」

グレンはそう言うとナイジェルに視線を向けた。ナイジェルが状況の確認をグレンに提案したの？

「念には念をと。勝手だとは思ったのですが、グレンにお願いしました」

「ありがとう。わたくしは……ダメね」

他《ほか》の土地でも農害が起きているかもしれないという可能性。それに思い至ることができなかった、視野の狭《せま》い己《おのれ》が本当に情けない。

「ダメなんかじゃありません！　すべてを姉様が担《にな》わなくていいんです。姉様をお支えしたいと言いましたよね？　姉様が背負う荷物を、ほんの少しでいいので私にも背負わせてください」

ナイジェルが必死さを感じさせる口調でこちらを見据えて言う。そんな彼の様子にわたくしは少し面食《めんく》らった。

「そうですよ、公爵閣下も直属だけで何十人と部下を使っております。一人でなんでもというのは、むしろよろしくありません」

わたくしの戸惑《とまど》いに気づいたのだろう、グレンがそっと言い添《そ》える。たしかに言われてみればそうなのだ。誰《だれ》かを信頼《しんらい》しその手を借りることは、とても大事なこと。皆《みな》のおかげで自身の未熟さにたくさん気づかされる。けれど……それは未来に繋《つな》がる大事な勉強なのだとほろ苦い気持ちとともに感じた。

すっかり慣れた道を馬車に揺《ゆ》られて約二時間。護衛の騎士《きし》たちが周囲についた馬車は、長閑《のどか》な田舎《いなか》道では少しどころではなく浮いている。しかしその長閑な印象と違《ちが》わず野盗《やとう》などの襲撃《しゅうげき》を受けるようなこともなく、今日の道行きも実に平和なものだった。万が一野盗と行き合うことがあっても、護衛には歴戦の勇士であるマッケンジー卿《きょう》、そしてそのマッケンジー卿に剣《けん》の腕《うで》を認められたナイジェルがいるのだ。頼りになることこの上ないわね。

フィオレ村近くの養護院に着くと、老齢《ろうれい》の女性院長が出迎《でむか》えてくれた。その後ろにはたくさんの子どもたちがいる。

女の子は皆ナイジェルに見惚《みと》れており、男の子は筋骨隆々《りゅうりゅう》なマッケンジー卿と騎士たちに興味津々《きょうみしんしん》という様子である。わたくしに関心を示す子どもはほとんどおらず、それが少しだけ寂《さび》しいと思ってしまう。好かれるために来たわけではないから、別にいいのだけれど。……いいのだけれど。

——みんな、ちゃんと身綺麗《みぎれい》にしているわね。栄養状態もよさそう。

子どもたちを観察して最初に思ったのはそれだった。補助金の類《たぐい》を懐《ふところ》に入れてしまう悪質な経営者もいるけれど、こちらの養護院はきちんと子どもたちに還元《かんげん》されているようだ。出てきた子どもたちが数人だけならばわたくしの視察に合わせて一部の子どもを身綺麗にしてごまかしているだけ……などという可能性も考えられた。けれど今ここにいる人数は、グレンからもらった資料に記載《きさい》されていた子どもたちの数と合致《がっち》している。

「フィオレ村で起きていることは、ご存知かしら」

「ええ、聞き及《およ》んでおります。農作物の被害が広がっているそうで。例年の収穫《しゅうかく》のお手伝いのお仕事もきっと減るでしょう。それに……冬の食料の確保も難しくなるかもしれませんね」

訊《たず》ねれば院長は悲しげに眉尻《まゆじり》を下げ、思い詰《つ》めた表情で小さく息を吐《は》いた。

「そう思って、今日は支援《しえん》のお話ができればと来た次第《しだい》なの。父、ガザード公爵《こうしゃく》からはもう許可はいただいているわ」

「まぁ！　ご支援いただいてよろしいのですか？」

「当然よ。領地の子どもたちが飢えると、わたくしもつらいもの」

子どもたちに視線を向ければ、マッケンジー卿が満面の笑《え》みで子どもたちを腕にまとわりつかせ持ち上げている。すごいわ。両腕合わせて六人も……！　幼い子だけではなく、もう十を過ぎたような子たちも交じっているのに！

ナイジェルはたくさんの女の子たちに囲まれており、女性の好みなどを訊《き》かれてたじたじのようだ。女の子は幼い頃《ころ》からませているわね。わたくしにも、少しばかり身に覚えがあるけれど。そんなことを思いながら、ちらりと初恋《はつこい》の人であるマッケンジー卿に視線をやる。すると視線に気づいた彼から、にかっといい笑顔が返ってきた。

「金銭的な支援とは別に足りない備品の補充《ほじゅう》や、修復が必要な箇所があればそちらの修理もしたいのだけれど。お話を聞きながら養護院の中を見せていただけると嬉《うれ》しいわ」

「は、はい！」

院長のお顔が安堵と喜びでぱっと輝《かがや》く。院長の服にも繕《つくろ》いのあとが多数見て取れるし、彼女の身の回りのものも整えたいわね。

くいとスカートを引かれ、わたくしは振《ふ》り向いた。するとそこには利発そうな七、八歳くらいに見える男の子が立っていた。

「こら、リオル！　先ほどご紹介《しょうかい》したでしょう！」

「ふふ、大丈夫《だいじょうぶ》よ。院長」

皆ナイジェルやマッケンジー卿に夢中だったものね。覚えていなくても無理はない。

スカートを持ち上げ、リオルと呼ばれた男の子にカーテシーをしてみせる。するとリオルの口からほうとため息が漏《も》れた。

「ウィレミナ・ガザード。ガザード公爵家の娘《むすめ》よ」

「ガザード……領主様の娘？　お姫《ひめ》様ってこと？」

ひとまず簡易的な説明をすると、リオルの目がきらきらと輝く。そしてぎゅっと手を握《にぎ》られた。爪《つめ》の間に泥《どろ》が入った、綺麗とは言えない手。だけどそれは彼が直前までなんらかの作業をしていた証拠《しょうこ》だ。彼が懸命《けんめい》に働いた証拠の素敵《すてき》な手ね。

「だからこんなに、綺麗なんだね」

リオルがこちらを見上げながら、頬《ほお》を赤く染めて言う。

「ふふ、お上手ね」

「本当に綺麗だよ！　お嫁《よめ》さんになってほしいくらい」

まぁ、男の子にもませている子がいるものだ。だけど悪い気はしないわ。

「ありがとう、リオル。今から院長と養護院の中を見て回るのだけれど、リオルも一緒《いっしょ》に

「貴女《あなた》、誰？」

きてくれる？」

「うん！　いっぱい案内するね！」

ああ、可愛《かわい》いわ。子どもは好きだけれど、今まで触《ふ》れ合う機会はあまりなかった。だから少しだけ気分が浮《う》き立ってしまう。昔はナイジェルもこんなふうに無邪気《むじゃき》な頃が……あったかしら？　あの子、昔から表情が薄《うす》くて大人しい子だったものね。だから妙《みょう》に達観した様子に見えたものだ。それはそれで、可愛らしかったけれど。

「ね、姉様！　私も行きます」

院長とリオルとともに歩き出そうとした時、背後から声をかけられた。聞いてすぐにわかる、ナイジェルの声だ。

「少し見て回るだけだし、大丈夫よ？」

「いえ、行きますから」

ナイジェルはそう言うと、まとわりつく子どもたちをテキパキと騎士たちに預けこちらに駆《か》け寄ってくる。そして、わたくしとリオルの後ろという護衛の定位置についた。本当にこの子は過保護ね。

わたくしは意気揚々《いきようよう》という様子のリオルと微笑《ほほえ》ましげにわたくしたちを見つめる院長に案内されながら、養護院の中を見て回った。

養護院は補修を繰《く》り返して丁寧《ていねい》に使われていたけれど、それでも傷《いた》んでいる箇所《かしょ》がある。

元気な子どもたちが使う備品の欠けも多く、補充しなければならないものはリスト化するとそれなりの数になった。

——ここだけではなく、ほかの養護院も見て回りたいわね。もっとひどい状況《じょうきょう》の養護院もあるでしょうし。

支援に関する話を取りまとめて養護院を出る頃には、時刻は昼を回り真夏の日差しが強さを増していた。

「ウィレミナ様。あのね、もうすぐフィオレ村でお祭りがあるんだ。それに一緒に行こうよ！　養護院のみんなも行くんだよ」

頬を赤くしながらリオルが可愛いお誘《さそ》いをしてくれる。まぁ、フィオレ村でお祭りなんてものがあるのね。

「どんなお祭りなの？」

「いろいろな屋台が出たり楽しいよ。そしてね、恋人たちが一緒に踊《おど》ったりするんだ。その、ウィレミナ様も……その、おいでよ。ね！」

リオルはそう言うと、頬をさらに赤くした。こんなに熱心に誘われると、参加したくなるわね。だけど平民のお祭りに公爵家の娘が参加するのは、外聞的によいものではない。

加えてフィオレ村のカビの件が、お祭りまでに終息の目処《めど》がついているか……。

「ねぇ、ウィレミナ様。行こうよ」

悩《なや》み込んでしまうわたくしを懇願《こんがん》するように見つめながらリオルがねだる。うう、子どものこういう目には弱いのよ！

「……時間が取れたら参加するわね？」

なんとも煮《に》え切らない返答とともに微笑みかけると、リオルはぱっと表情を明るくする。そして「約束だからね！」と言ってわたくしの手をぎゅっと握った。……こんなに楽しみにされてしまうなんて。状況次第だけれど、真剣《しんけん》に参加を検討しないといけないわね。子どもの期待を裏切るようなことはしたくないもの。

リオルの頭をひと撫《な》でしてから、馬車へと乗り込む。わたくしの隣《となり》には当然のようにナイジェルが座り……なぜだかこちらを見つめてきた。

「どうしたの、ナイジェル？」

「いえ。フィオレ村のお祭り、楽しそうですね」

「そうね。行けたらいいのだけれど……」

「そうですね。そして、姉様と踊れると嬉しいのですが」

「踊るのは、恋人同士じゃないとダメなのではないの？　違《ちが》うのかしら」

リオルは『恋人たちが一緒に踊ったりする』と言っていた。なので恋人同士でないと踊ることができない、のような決まり事があるのかと思ったのだけれど……。もしかすると、恋人がいなくても踊りに参加することに問題はないのかもしれないわね。祭りの作法を村長に聞いてみないと。

「……恋人になれたら嬉しいと言っているのです。姉様は本当に鈍《にぶ》い」

わたくしから視線を逸《そ》らしながら、ナイジェルがぽつりと言う。これは、もしかしなくても口説かれていたかしら。自分が鈍いだなんてことは思ったことはなかったけれど……自覚と実情には乖離《かいり》があったりするのだろうか。

「まぁ、鈍い姉様もお可愛らしいですけどね」

ナイジェルがこちらに視線を戻《もど》し、ふっと息を漏らすように笑う。

「……鈍くなんか、ないわ」

「鈍いですよ。私も少年も、懸命に口説いていたのに」

「え……？」

「ほら、気づいていなかった。あれは遠回しな『恋人同士』の踊りへのお誘いでしょうに」

リオルがわたくしを口説いていた？　本当に？

リオルの様子を思い返しながら首を傾《かし》げていると、ナイジェルにくすくすと小さな笑い声を立てられる。彼はわたくしの手を取ると、そっと甲《こう》に口づけた。

「姉様。もう一度、口説き直しましょうか」

この子ったら、やっぱり前よりも積極的になっていないかしら。そういうのは、ど、動《どう》揺《よう》してしまうから困るのよ！

「け、結構です！」

魅惑《みわく》の笑《え》みを浮かべながら言う義弟《ぎてい》の提案を、強い口調で撥《は》ね除《の》ける。するとナイジェルは「残念です」と笑い含《ぶく》みの声で言った。

その時、わざとらしい咳払《せきばら》いが鼓膜《こまく》に響《ひび》いた。視線を動かすと、馬車の扉《とびら》を開いて手で支えるマッケンジー卿《きょう》と目が合う。

「お邪魔《じゃま》でしたら申し訳ありません。そろそろフィオレ村に出発しても大丈夫ですか？」

「邪魔で――」

「え、ええ！　大丈夫です！」

絶対にろくでもないことを言おうとしているナイジェルの口を慌《あわ》てて塞《ふさ》ぎ、マッケンジー卿に頷《うなず》いてみせる。彼は楽しそうに笑うと御者《ぎょしゃ》に出発するよう指示を出し、馬車に乗り込む。馬車は軽《かろ》やかに、フィオレ村に向かって動き出した。

「今日は日光が強いので、気をつけてくださいね」

そう言いつつナイジェルが差し出してきたのは、紙に包まれた飴《あめ》だった。

「……飴？」

「原理はよくわからないのですが、塩分の入った飴を舐《な》めると熱中症《ねっちゅうしょう》予防になります。騎士《きし》たちも皆《みな》演習の前などに舐めているのですよ」

「まぁ、そうなのね。いただくわ」

紙を広げれば、白い飴がころりと姿を現す。飴を口にしころころと口内で転がすと、少し甘じょっぱい味がした。

「お水もたくさん飲んでくださいね」

「わかっているわ。ふふ、心配性《しんぱいしょう》ね」

蜂蜜《はちみつ》と檸檬《レモン》が入ったお水をグレンがたっぷりと持たせてくれている。それをちびちびと口にしているから、そこに関しては心配ないのに。

「姉様はこの世に一人しかいませんから、心配しすぎなくらいでいいんです」

ナイジェルはぽつりと小さくそう零《こぼ》す。その声音《こわね》の切ない響きに驚《おどろ》き、わたくしは目を瞠《みは》った。

「……ナイジェル？」

「ああ、申し訳ありません」

ナイジェルは小さく詫《わ》びると、少し間を置いてからまた口を開く。

「その。ガザード公爵《こうしゃく》がいらっしゃらなければ私も養護院や……下手をすれば路上で過ごすことになり、姉様とも出会えなかったのだろうなと。そんなことを考えてしまい少しだけ感傷的になってしまって。いえ、あの子たちのいる環境《かんきょう》が悪いと言っているわけではないのですが」

ナイジェルは一気にそう言ってから、力のない笑みを浮かべた。

「ナイジェル。わたくしのお父様を甘く見てはダメ」

彼の手を握《にぎ》り、きっぱりとした口調でそう告げる。すると青の目が零《こぼ》れんばかりに瞠られた。

「貴方《あなた》がどこにいたとしても、職務に忠実で有能なお父様は貴方を見つけたはずよ。だから貴方とわたくしが出会わないなんてことは、絶対にあり得なかったの」

お父様がナイジェルを見つける前に『なにか』があった可能性もあるけれど、その可能性には今は触《ふ》れないことにする。

ナイジェルはしばらくわたくしを見つめてから……ふっと表情を和《やわ》らげた。

「出会いは必然だったのですね。では、失わないように努力をしないと」

「ふふ、そうしてちょうだい」

わたくしも幼い頃《ころ》にお母様を亡《な》くしている。ナイジェルのつらさは少しだけならわかるつもりだ。

けれど彼はわたくしとは違い短い期間に両親ともに失い、路頭に迷うのではないかという不安まで抱《かか》えていた。それはわたくしには、想像ができない範囲《はんい》のことだ。

想像はできないけれど……まだ傷が残る彼の心に寄り添《そ》うことはできるはず。

手を離《はな》そうとすると、弱い力でぎゅっと握られ引き止められる。ナイジェルに視線を向けると、その瞳は不安で揺《ゆ》れていた。思い出してしまった、遠い日の記憶《きおく》のせいなのでしょうね。そんなナイジェルを突《つ》き放すことができずに、わたくしは彼の手を握り直した。

フィオレ村までの道行きを言葉少なに往《ゆ》く。だけどその沈黙《ちんもく》は重たいものではなく、どことなく温かなものだった。


フィオレ村に着いたわたくしたちは村長に顔を見せ、支援《しえん》と減税のことを話してから麦畑に向かった。村長にはいたく感謝をされたけれど当然のことをしているだけだから、少し面映《おもは》ゆいわ。

「こんにちは、お嬢様《じょうさま》！　ナイジェル様！」

手を振《ふ》りながら麦畑に向かうわたくしたちのところにやってきたのは、四十歳ほどに見える村人の女性だ。名前はクレア。明るくさっぱりとした性格の彼女は、物怖《ものお》じせずにわたくしたちに話しかけてくる。彼女は三児の母で、夫や子どもたちと一緒《いっしょ》にテキパキと働いている様子が村に来るとよく見られた。

「クレア、ごきげんよう」

「今日も来てくださったんですね。これ、よろしければ」

ずいと差し出された包みを目にして、わたくしは首を傾げた。

「これは？」

「お口に合うかはわからないけど、焼き菓子《がし》を作ったんです」

「まぁ、嬉《うれ》しいわ！　ありがとう」

この菓子の材料は彼女にとって貴重な食料のはずだ。それをわたくしのために捻出《ねんしゅつ》してくれたなんて、その気持ちがとても嬉しい。

「姉様、のちほど休憩《きゅうけい》の時にいただきましょう」

ナイジェルがそっとわたくしの手から包みを取る。

「ありがとうございます、クレア」

ナイジェルが相変わらずの無表情でお礼を言えば、クレアは「ほんと、いい男だねぇ」と頰《ほお》を染めながらぽつりと言った。無表情でも好感を与《あた》えてしまうなんて、義弟の美貌《びぼう》はすごいわね。

わたくしたちの来訪に慣れたほかの村人たちも、道すがら柔《やわ》らかな笑みを浮《う》かべて挨拶《あいさつ》をしてくれる。

皆《みな》が受け入れてくれることが嬉しくて、わたくしの顔にも自然と笑みが浮かんだ。けれどその笑みは、紫色《むらさきいろ》の麦たちを目の前にするとたちまち萎《しぼ》んでしまう。

「やっぱり、朱斑《しゅはん》病用の農薬では効きが悪いのね」

「侵蝕《しんしょく》が進んでいなかった箇所《かしょ》は病変の悪化がわずかに緩《ゆる》やかになってはおりますが……。よくなるとまではいかないようでして」

しょんぼりと肩《かた》を落とすわたくしに、近くにいた農民がそう教えてくれる。

「本当に、どうして急激にこんなカビが広がったのか」

ぽつりと零れた農民の言葉を聞いて、わたくしは思考した。未知のカビ。それが広がった原因は絶対にあるはずなのだ。異状が見受けられなかった水や気候ではない、それ以外の原因が。

「このカビが広がる前に、なにか変わったことはなかった？」

「変わったこと、でございますか？」

「ええ、些細《ささい》なことでもいいの。思いつくことがあれば教えてほしいわ」

農民は眉根《まゆね》を寄せてしばらく考えたあとに「あっ」と小さく声を上げた。

「なにか思い当たることが？」

「いえ、まったく関係のないことかもしれませんが」

彼が言うには、カビが流行《はや》る少し前に村を数人の男たちが訪《おとず》れたそうだ。彼らは商人だと名乗り、数日の滞在《たいざい》ののちに村を去っていったのだという。

「こんなになにもない村になにをしに来たんだろうなぁと思っていたんですけど。金払《かねばら》いもいいし、皆そんなに気に留めてはいなかったんです」

「旅人がなんらかの病気を運ぶという事例はたびたびあることです。その旅人たちがカビを持ち込んだという可能性はありますね」

話を聞いていたナイジェルが、そう口を挟《はさ》む。たしかにそういう事例は昔からある。悪意のない旅人たちが持ち込んだ病原菌《びょうげんきん》が原因で、ひとつの村が滅《ほろ》びたなんて事例もあるくらいだ。意図せずカビが持ち込まれた可能性は否定できない。

「旅人たちの足取りを摑《つか》むのは、今からでは難しいかしら。彼らの故郷で流行ったものが持ち込まれたのなら、その対策も知っているかもしれないわ」

「その旅人たちが正規のルートで動いていたのなら、足取りは追えるはずです」

ナイジェルの言うとおり、正規のルートで動く商人であれば検問などに記録が残されているはずだ。

「見当外れな考えかもしれないけれど、その商人たちの行方《ゆくえ》を追ってみましょう」

そんな結論を出し、クレアからもらった素朴《そぼく》で優《やさ》しい味のクッキーを食べて一息ついてから、わたくしたちはカントリーハウスへ戻《もど》ることにした。そして……意外な来客と顔を合わせることになったのだ。

カントリーハウスに帰り着くと、屋敷《やしき》の前に一台の馬車が停《と》まっていた。それは明らかに高価なもので、貴人の訪れを示唆《しさ》していた。

「どなたが、いらしたのかしら」

グレンからは、本日来客があるとは聞いていない。

「ナイジェルには心当たりがある？」

「いえ、私はなにも」

「マッケンジー卿《きょう》は……」

「俺もなにも聞いていませんね」

皆で首を傾《かし》げながら屋敷の扉《とびら》を潜《くぐ》ると、困惑《こんわく》気味の表情の従僕《じゅうぼく》がこちらへやってきた。

「お嬢様へのご来客です」

「わたくしへの来客？　今はグレンが対応しているの？」

「いいえ。グレン様は外出しておりまして、お客様はひとまず客間にお通ししております」

「そうなの。では、急いだ方がいいわね」

一体誰《だれ》なのかしら。先触《さきぶ》れなしの来訪なんて、一定以上の家柄《いえがら》の者でないとそんな無茶《むちゃ》は通らない。従僕に訊《き》けばよかったのだけれど、彼も突然《とつぜん》の来客で慌《あわ》ただしい様子だったので訊きそびれてしまったのだ。まさかエルネスタ殿下《でんか》が？　などと考えながら手早く身《み》支度《じたく》を整え客間に向かうと、少し前に見た顔がそこにあった。

肩までの赤い髪《かみ》が挨拶に合わせてふわりと揺れ、茶色の瞳《ひとみ》がこちらに向けられ細められる。病的なまでに白い肌《はだ》を纏《まと》った指が、ティーカップをかちりと受け皿に置いた。

「こんにちは、ウィレミナ嬢」

「……アルセニオ様」

なぜ、彼がここに。親しくもない御仁《ごじん》の不躾《ぶしつけ》で急な訪問にわたくしは眉《まゆ》を顰《ひそ》めてしまう。

そんなこちらの表情に気づいたのか、彼は軽く肩を竦《すく》めた。

「急な訪問、申し訳なかったね。だけど……密偵《みってい》を送るよりは失礼な行為《こうい》ではないと思うけどな。驚《おどろ》いて飛んできてしまったよ」

アルセニオ様はそう言うと、口角の片側を上げて意地悪な笑《え》みを浮かべる。どうやら密偵は任務に失敗してしまったらしい。

「密偵だなんて大げさですわね、機密情報を探《さぐ》っていたわけでもございませんのに。知りたいことがあって、従者を派遣《はけん》しただけの話です」

わたくしは平静に見えるだろう笑みを顔に貼《は》りつけて、そう言い切った。

その土地で過去にどんな農害があったか。それを探ることは、なんらかの罪に当たることではない。……バレた時にほんの少しだけ、きまりが悪いだけ。なので万が一怪《あや》しまれて捕《つか》まった際には、任務の内容を正直に告げるようにと指示を出している。痛くもない腹を探られ、任務に当たった者の身が危険に晒《さら》されることだけは避《さ》けたかったからだ。

「まぁ、それもそうだね。しかし悲しいね。回りくどいことをせずに僕に頼《たよ》ってくれればすぐに疑問に答えてあげたのに。ああ、彼は怪我《けが》なく無事に解放するように言いつけているからね。間もなくこちらに戻るだろう。ガザード公爵《こうしゃく》家と揉《も》めることは、こちらとて本意ではない」

アルセニオ様はまた小さく肩を竦めると、向かいの席を手で示す。わたくしはこっそりと安堵《あんど》の息を吐《は》いてから、アルセニオ様の向かいに腰《こし》を下ろした。

アルセニオ様の口調は、以前お会いした時よりも親しげで砕《くだ》けたものだ。なんらかの『優位』を確信しているような態度ね。

わたくしの背後にはナイジェルとマッケンジー卿が無言で立つ。その他《ほか》の騎士《きし》たちは、扉の外で警備の配置についた。それを見たアルセニオ様は不快そうに眉を顰める。彼の側《そば》にも護衛が控《ひか》えているのだから、これはお互《たが》い様だと思うわ。

「アルセニオ様は、今は王都のタウンハウスではなく領地にいらっしゃるのですか？」

王都からであれば、あの軽装の馬車ではガザード公爵領に来られなかっただろう。なので、彼は今は領地にいるのだろうという推測をわたくしは立てた。ベイエル侯爵《こうしゃく》家の領地は、ガザード公爵領に割合近い。

「ああ、そうだよ。せっかくの長期休暇《きゅうか》だしね。君と同じだ」

会話は続かずどこか気まずい沈黙《ちんもく》が部屋に落ち、時計の針の音が嫌《いや》に耳につく。知人未満の信用していない方のお相手は勝手が難しいものね。こういう時にテランス様なら空気を和《やわ》らげる努力をしてくださるでしょうに……と、よくないとは思いながらもついほかの婚約《こんやく》者候補と比べてしまう。

「……君の領地で、これが流行ってるのだね」

アルセニオ様が沈黙を破り、ローテーブルの上に無造作にガラスの小瓶《こびん》に入れられた麦《ばく》穂《すい》が置かれる。その麦は近頃《ちかごろ》よく目にしている、紫色《むらさきいろ》をしていた。

「君が知りたがっていたことの答えだけれど。僕の領地でも昨年これが流行ったんだよ」

アルセニオ様はそう言うと、獲物《えもの》を狙《ねら》う蛇《へび》のように目を細めてわたくしを見つめた。片目に着けられたモノクルが、きらりと嫌な光を放つ。

「そうなのですね、教えてくださりありがとうございます」

――気持ちの悪い、視線だわ。

そんな感情を圧《お》し殺しながら、アルセニオ様に微笑《ほほえ》んでみせる。

「君はこれの解決方法を知りたい。違《ちが》うかな？」

「……間違っていませんわね」

「そうだろうとも。このカビは広がる速度が恐《おそ》ろしく早い。ベイエル侯爵領でもこのカビには本当に手を焼かされたよ」

痛ましいというふうに顔を歪《ゆが》めつつも、アルセニオ様の口元は笑っている。そのことを不思議に思ったけれど、答えはすぐに彼の口からまろび出た。

「だが僕がこの病に効く農薬を作り、症状《しょうじょう》は緩和《かんわ》できた。今年の収穫《しゅうかく》量は以前と同じ水準に戻りつつある」

アルセニオ様は得意げな表情でこちらに笑いかける。

……なるほど。ベイエル侯爵家はこの農害を、アルセニオ様の研究の成果によって解決したのね。

アルセニオ様の人格はごく控えめに言って好きではないけれど、研究の成果は素直《すなお》にすごいと思う。そこは切り離《はな》して評価すべきところだ。

「それは素晴らしいことです。アルセニオ様は農害に関する研究をしていらしたのですね」

「それはしている研究のつま先ほどのものにしか過ぎないよ。僕はさまざまな分野の研究をしており、それらは実を結んでいる。有用な男だと思うけれどね。そうだね、ウィレミナ嬢《じょう》の婚約者として相応《ふさわ》しいくらいには」

アルセニオ様のなんともふてぶてしい発言と同時に、背後で剣《けん》を鞘《さや》から抜《ぬ》く時の擦《こす》れ合うような音が響《ひび》いた。続けてマッケンジー卿がナイジェルの頭に拳骨《げんこつ》を落としたのだろう、ごちりという鈍《にぶ》い音も聞こえた。……背後を見なくても、音だけでなにが起きたのか想像がつくわね。

アルセニオ様はわたくしの背後に視線を向けて目を丸くしてから、こちらに視線を戻した。

「手段を講じなければ、あっという間に領地中の麦が食い荒《あ》らされるよ。可哀想《かわいそう》に、民《たみ》が苦しむ」

「視察を重ねたので存じております。なので、現在最善を尽《つ》くしているところです」

「君のやっている最善で、果たして間に合うのかな？　このカビの拡散力は君が思っているより大きい」

「……なにがおっしゃりたいのです」

「察しの悪い君ではないだろう。ウィレミナ嬢が僕の婚約者になるのなら、このカビに効く農薬を無償《むしよう》で提供しようと言っているんだ」

「──貴様！」

鋭《するど》いナイジェルの声が響き、疾風《しっぷう》の如《ごと》き気配が体の横を通り過ぎた。気がつけば、アルセニオ様の喉元《のどもと》すれすれにナイジェルの剣先が突《つ》きつけられている。マッケンジー卿にも、アルセニオ様の護衛にも、その動きが阻《はば》まれることはなかった。

「ナイジェル、よしなさい！」

声をかけるとナイジェルはちらりとこちらに視線を向けてから、アルセニオ様に視線を戻《もど》す。わたくしの言うことも、聞く気がないらしい。アルセニオ様の護衛たちもガザード公爵家の子息相手にどうしていいのかわからないようで、剣の柄《つか》に手をかけたまま動けずにいた。

「暴力はよくないよ、ナイジェル様」

アルセニオ様が頬《ほお》に冷や汗《あせ》を垂らしながら、降参だというように両手を上げる。

「姉様を愚弄《ぐろう》するな」

低い声で唸《うな》るようにナイジェルが告げ、剣先をアルセニオ様の喉に食い込ませようとした。けれど――。

「早まるな、馬鹿《ばか》が」

マッケンジー卿《きょう》に剣の柄を握《にぎ》って制され、その動きは阻害《そがい》された。それを目にして、わたくしはほっと胸を撫《な》で下ろす。

「番犬のような弟君をお持ちだな。これが場合によっては僕の義弟《ぎてい》になるかと思うと、頭が痛いよ」

アルセニオ様の言葉に、ナイジェルがまた反応しようとする。けれど彼はその動きをぐっと堪《こら》えたようだった。

「それに、愚弄なんてしちゃいない。これは互いに有益な取り引きだ。賢《かしこ》いウィレミナ嬢なら、どうすればいいかわかると思うけれどね」

喉元を擦《さす》りながら、アルセニオ様が苦笑《くしょう》する。そして立ち上がると、優美な仕草でこちらに手を差し出してきた。

「多くの民を救うために。君は僕の手を取るべきだ、ウィレミナ嬢」

欲望を孕《はら》んだねばつく声。貴公子の仮面の下に見え隠《かく》れする、利己心という名の獣《けもの》。それには吐き気がするけれど、彼の言うことは正論でもある。

このまま紫色のカビの対策ができなければ、今年はなんとか凌《しの》げても来年からはどうなるかわからない。ほかの地域も食い荒らされ、領地全体が壊滅《かいめつ》的な損害を受ける可能性だってある。

だけど脅《おど》しのような手段を取るような卑劣《ひれつ》な人間をガザード公爵家に入れることが、最良の選択《せんたく》だとも思えない。

差し出された、青白く美しい手をじっと見つめる。そんなわたくしにアルセニオ様からは期待に満ちた視線が、そしてナイジェルからは不安げな視線が向けられた。

わたくしは……どうすればいいのだろう。今苦しんでいる民を救うこと、後の憂《うれ》いをここで断《た》つこと。どちらが正しい選択なのだろうか。お父様だったら、どちらを選ぶ？　どれだけ考えても答えが出ず、わたくしはアルセニオ様の手を見つめながら唇《くちびる》を噛《か》みしめた。

「とはいえ、だ。今すぐに決断を迫《せま》るのは、スマートではないよね」

アルセニオ様はそう言うと、差し出した手をすっと引く。

「明日《あした》、また来よう。その際にはいい返事を期待しているよ」

秀麗《しゅうれい》な美貌《びぼう》が、醜《みにく》い笑《え》みに歪む。アルセニオ様は嫌な空気の残り香《が》を振《ふ》り撒《ま》き、屋敷《やしき》を去っていった。

第四章　わたくしと義弟による事態の解決

帰宅したグレンに起きたことを話すと、彼はアルセニオ様の手を取るべきではないと言って憤《いきどお》った。ベイエル侯爵《こうしやく》領で捕《つか》まった密偵《みつてい》に関しては、必ず無事に戻れるようグレンが根回しをしてくれるそうだ。それを聞いて、わたくしはほっと胸を撫で下ろした。

わたくしもグレンと同じく、アルセニオ様の手を取ることは将来のためにすべきでないと思っている。だけど、その選択は目の前の大きな問題の解決手段を捨てるということにほかならないわけで……。

目の前の危機の解決か、将来抱《かか》え込むことになるだろう問題の回避《かいひ》か。

わたくしは、どちらを取るべきなのだろう。

どれだけ考えても結論は出せないままで、たちまち夜になってしまった。

考えすぎて頭が痛くなってきたので、部屋からバルコニーに出て夏の生温《なまぬる》い風に身を任せる。するとほんの少しだけ、濁《にご》りきっていた思考が明瞭《めいりよう》になった気がした。バルコニーから見える夜空は濃紺《のうこん》のインクを流し込んだような色をしており、その濃紺の上で無数の星たちが瞬《またた》いている。この空の広大さと比べればわたくしの悩《なや》みなんてちっぽけね……なんてことはまったく思えないわね。ちっぽけな人の子の悩みで、わたくしは押し潰《つぶ》されてしまいそうだ。

「お父様にご相談する時間があれば……」

そうは思うけれどお父様は遠い王都の空の下にいる。そして、アルセニオ様はお父様に相談する時間をくれないだろう。お父様の介入《かいにゅう》は、彼にとっては望ましいことではないだろうから。……お父様はこんな問題に何度も行き当たり、そして正しい道を選んできたのよね。

今のわたくしに、それができるのだろうか。

「はぁ」

小さなため息をつくわたくしの肩《かた》に、柔《やわ》らかなものが触《ふ》れる。誰《だれ》かがストールをかけてくれたのだ。

「姉様。お風邪《かぜ》をひいてはいけないと思いまして」

「……ナイジェル」

振《ふ》り返れば、心配そうに眉尻《まゆじり》を下げた義弟がこちらを見つめていた。わたくしの部屋のバルコニーと、ナイジェルの部屋のバルコニーはひと続きのものだ。ナイジェルはそちらからやってきたのだろう。

彼がかけてくれたストールをしっかりと肩に巻いてから、わたくしは微笑《ほほえ》んだ。

「ありがとう、ナイジェル。少し肌寒《はだざむ》くなってきたところだったの」

アルセニオ様が帰ったあと。ナイジェルは、驚《おどろ》くくらいに静かだった。静かに……怒《いか》りに耐《た》えている様子だった。そしてそれは今もなのだろう。

「姉様、その」

青の目が苦しげに細められ、形のいい眉が寄せられて眉間《みけん》に皺《しわ》が寄る。そんな苦悶《くもん》の表情も義弟がすると芸術品のように美しい。わたくしはナイジェルの次の言葉をゆっくりと待つ。しばらく沈黙《ちんもく》してから、ナイジェルはふたたび口を開いた。

「私は姉様にあの男の手を取ってほしくないと、そう思っています」

ナイジェルの言葉は予期していたものだ。どう返したものかとわたくしが考えている間に、彼の言葉はさらに続けられた。

「けれど。姉様が民《たみ》のための選択をすることに異を唱える資格がないことも理解しています。……気持ちの上では割り切れなくとも、頭ではちゃんと理解しているんです」

ナイジェルはくしゃりと片手で前髪《まえがみ》を乱すと、ふっと小さく息を吐《は》く。そして、わたくしにまっすぐな視線を向けた。

「私は姉様がどんな選択をしようとずっとお側《そば》におります。そして貴女《あなた》をお支えします。……貴女の騎士《きし》として、いつまでも」

「ナイジェル……」

自分の感情を優先せずに、わたくしの立場や立たされた状況《じょうきょう》に寄り添《そ》ってくれる。そして、わたくしを懸命《けんめい》に支えようとしてくれる。不器用なナイジェルが尽《つ》くしてくれた言葉の数々に、胸がじんと熱くなった。

ナイジェルは、もう覚悟《かくご》を決めている。ではわたくしはどうしたいの？　さまざまな感情が渦巻《うずま》く胸を手で押さえながら思考を巡《めぐ》らせる。

唇を引き結ぶわたくしの頬《ほお》を、ナイジェルの大きな手が優《やさ》しく撫でた。

「自分が情けないです。姉様のお力になれないなんて。姉様が今……こんなにも苦しんでいらっしゃるのに」

『情けなくなんてない』と言おうとした唇は義弟の指先でそっと塞《ふさ》がれる。ナイジェルは泣きそうな顔をしながら、わたくしを見つめた。

「本当はあの場で、あの男を斬《き》り捨てたかった。だけどそんなことをしても、どうにもならないことは……わかっていたので」

絞《しぼ》り出すように紡《つむ》がれる声音《こわね》は苦しげで、深い悲しみを感じさせる。口元がぐっと引き締《し》められ、切れ長の目の端《はし》に薄《うす》く涙《なみだ》が溜《た》まるのが見えた。

彼を慰《なぐさ》めたいという気持ちが溢《あふ》れ、気がついた時にはわたくしはナイジェルを抱《だ》きしめていた。抱きしめるには体の大きさが足りないから、どちらかというと抱きついている

……という状態なのかしら。

「ね、姉様⁉」

頭上からナイジェルの焦《あせ》った声が降ってくる。それを耳にした瞬間《しゅんかん》、自分がしでかしたことへの羞恥《しゅうち》が一気に湧《わ》き上がった。

「お前が悲しそうな顔をするから……仕方なく慰めているの！」

恥《は》ずかしさをごまかすために早口で言いながら、義弟《ぎてい》を抱きしめる腕《うで》に力を入れる。すると安心する温度と、優しい香《かお》りが伝わってきた。それに安堵《あんど》を覚えてしまっているのだから、どちらが慰められているのかわからないわね。

「姉様こそ、苦しそうなお顔をしています」

ナイジェルが辛《つら》そうに言葉を絞り出す。ふと動かした視界の隅《すみ》に、強く握《にぎ》りしめられた拳《こぶし》が見えた。それは……大きな怒りや悲しみを堪《こら》えるように震《ふる》えていた。

わたくしの義弟は優しい子だ。寄り添い、痛みを分かち合おうとしてくれる。

義弟の胸に顔を押しつけたまま目を閉じると、恐《おそ》る恐るという様子の手つきで背中を撫《な》でられる。しばらく優しい手に身を任せてから目を開ければ、心の中は驚くくらい静かに凪《な》いでいた。

──人に寄り添えない人間の手を取るべきではないわね。

そんな結論が胸に湧く。寄り添える相手と一緒《いっしょ》ならば、どんな危機に対しても真剣《しんけん》に取り組めるだろう。そしてきっと危機を乗り越《こ》えられる。そう、例えば。……ナイジェルのような相手となら。

対してアルセニオ様のような利己心に満ちた相手を選んでしまうと……未来は暗いものになるに違《ちが》いない。

「……領民には、数年の間苦労をかけてしまうかもしれないけれど。アルセニオ様の『ご提案』はお断りするわ」

ナイジェルから身を離《はな》し、彼を見つめて静かに告げる。すると空色の目が、驚きからか大きく見開かれた。

未来に『なにか』があった場合。アルセニオ様は躊躇《ちゅうちょ》なく民を……いえ、自分以外の者を切り捨てて逃《に》げてしまうだろう。彼の人格に対して下したそんな裁定は、恐らく間違ってはいない。そんな人間をこの家に引き入れてしまえば、現在起きていることどころではない災厄《さいやく》を、未来に招きかねない。

この決断をしたことによりカビの問題を早期解決する手段は失われてしまうけれど……自分の決断を信じて前を向くしかないわね。そしてみんなと協力しながら、カビの件の解決方法を探しましょう。

「姉様、難しい決断をよくされました。ご立派です」

眩《まばゆ》いものを見るような表情で言われて、面映《おもは》ゆい気持ちになってしまう。

「立派なんかじゃないわ。お前が寄り添ってくれたから、冷静に考えることができたの」

「私が寄り添う、ですか？　抱きついてきたのは姉様の方では……」

「そうじゃなくて、精神的な話よ！」

きょとんとしながら抱きついたことを蒸《む》し返され、恥ずかしくなったわたくしはナイジェルに背を向けた。「精神的な支えになれた……ということでいいのか？　それは嬉《うれ》しいな」なんてつぶやいている声が聞こえるけれど、聞こえないフリをする。

「明日《あした》もアルセニオ様がくるのだし、そろそろ寝《ね》ましょうか」

そう声をかけたけれど、ナイジェルからの返事はない。不思議に思いナイジェルの方を見ると、彼は難しい顔になり沈黙していた。

声をかけていいものかと迷っていると、ナイジェルは眉間に深い皺を寄せて「まさか……」と小さくつぶやく。

「ナイジェル？」

「あ……申し訳ありません。ふと思ったことがありまして」

「思ったこと？」

「あの男憎《にく》しから生まれた、見当外れな考えかもしれませんが」

……あの男って、アルセニオ様のことよね。

「聞かせて、ナイジェル」

「……わかりました。話の前にカビが広がった範囲《はんい》を記した地図をお借りしたいのですが」

促《うなが》すと、ナイジェルはそんなふうに話を切り出した。カビの広がった範囲を記した地図……って。前にグレンが見せてくれたものよね。

「あの地図を？　グレンの執務室《しつむ》にあると思うから行きましょうか」

今の時間ならグレンはまだ執務室で仕事をしているはずだ。こんな時間まで、本当に働き者よね。

「グレンにも、一緒に話を聞いていただきたいです」

「恐らく、時間を作ってくれると思うわ」

そんなことを話しながらバルコニーから部屋に戻り廊下《もどろうか》に出ると、扉《とびら》の前には警備の時間だったらしいマッケンジー卿《きょう》と一名の騎士が立っていた。

「マッケンジー卿、ちょうどよかった。貴方《あなた》にも聞いてほしい話があるのですが」

「なんだ、小僧《こぞう》。……真面目《まじめ》な話か？」

「はい、そうです。まずはグレンの執務室に行きましょう」

マッケンジー卿は「ふむ」と小さくつぶやく。

「聞かせろ、小僧」

そして短く言うと、グレンの執務室へと向かうわたくしたちに加わった。

グレンの執務室の前に着くと、思った通りに扉の隙間《すきま》からは灯《あか》りが漏《も》れていた。扉をノックして名前を告げると、少しの間のあとに扉が開く。グレンはわたくしたちを見て、不思議そうに目をぱちくりとさせた。

「グレン、あのカビが広がった範囲を記した地図を借りたいのだけれど」

「地図をですか？　構いませんが」

「それでね。一緒にナイジェルの話を聞いてほしいの」

「……大事なお話のようですね。もしや、あのクソ倅《せがれ》に関係したお話でしょうか。ぜひ、お聞かせください」

グレンはそう言うとわたくしたちを執務室へと招き入れる。そして本棚《ほんだな》に挿《さ》していた地図を取り出し、執務机の上に広げた。

つい聞き流してしまったけれど、『クソ倅』ってアルセニオ様のことかしら。グレンったら意外にお口が悪いわ。

グレンが広げた地図に目を通す。地図には先日見たままに、数か所の赤い印がついている。印のひとつはもちろんフィオレ村。その他《ほか》の印はナイジェルのおかげでカビの早期発見ができ、広がりきる前に対処ができた地域だ。

ナイジェルは地図を覗《のぞ》き込み、赤い円を指で差した。

「単刀直入に言えば。紫色《むらさきいろ》のカビの発見された箇所《かしょ》が、麦の生産が多い地域に偏《かたよ》りすぎているのではないかと感じたのです」

「……偏りすぎている？」

ナイジェルの言葉を繰《く》り返せば、彼はこちらを見てこくりと頷《うなず》く。

「グレンに人を送って調べてもらった際に、紫色のカビが発見されたのは領内でも有数の麦の大産地だけでした。ほかの地域では、まったく見られなかったんです。カビが自然発生的なものなら、それは不自然なのではないかと。さらに言えば。村人から聞いた商人たちが『自然』にカビを運んだのなら……街道《かいどう》沿いの麦畑に、もっと被害《ひがい》があってもおかしくないと思うのです」

ナイジェルの言葉を頭の中で反芻《はんすう》し、彼が言わんとすることを摑《つか》もうとする。

「つまりは……。生産量が多い地域にだけ、カビが人為《じんい》的に広げられた可能性があると……ナイジェルはそう考えているのね？」

わたくしがそう言うと、ナイジェルは深く頷いた。

なるほど、わかってきたわ。

麦の大産地にだけ発生したカビ。カビが流行《はや》る前にフィオレ村を訪《おとず》れた商人たち。ガザード公爵《こうしゃく》家と縁《えん》を結びたがっているアルセニオ様が、『都合よく』持っていた農薬という交渉《こうしょう》の切り札。絶妙《ぜつみょう》なタイミングで、条件つきの支援《しえん》を申し出てきたアルセニオ様。

バラバラの事象が繋《つな》がり、ひとつの像を結んでいく。グレンとマッケンジー卿も同じ考えに行き着いたようで、表情をにわかに険しくした。

「こちらとの交渉のために、アルセニオ様がカビを人為的に広げた。その可能性がある、と」

妙《みょう》に静まり返った部屋に、わたくしのつぶやきが響《ひび》く。

「……あくまで推測ですが」

ナイジェルは皆《みな》を見回してから、そう会話を締《し》めた。

「可能性がある推測だと思うわ」

正直なところ、アルセニオ様なら『やりかねない』。わざわざ、脅迫《きょうはく》に来るようなお人なのだもの。その脅迫の種を自身で蒔《ま》いていたとしても驚《おどろ》きはしないわ。

「アルセニオ様がカビを撒いた犯人だと仮定して。わたくしが明日婚約《こんやく》をお断りしたら、彼は次にどんな行動に出るかしら」

「被害が少なかった地域に、再びカビを撒くかもしれませんね。あれが犯人ならばカビを撒いた地域でどの程度の『成果』が出たかの確認《かくにん》はしているでしょうし、被害が少なかった地域の存在をすでに知っていると考えた方がいい」

マッケンジー卿が顎《あご》を擦《さす》りながら、わたくしの言葉に続ける。

「今度こそ交渉を強硬《きょうこう》に進められるような、壊滅《かいめつ》的な状況《じょうきょう》にするために……か」

次にナイジェルがそう言い、不快だという表情で眉間《みけん》に皺《しわ》を寄せた。

「グレン、印のついた地域の見回りは可能かしら？」

すべては推測だ。だけど気をつけて損はないと思うの。

「公爵家の私兵を動員しましょう。何百人でも何千人でもご用意します」

……グレン。戦争をするわけじゃないのだから、そんな人数はいらないわ。隠密《おんみつ》行動が得意な者をつけられるかしら？」

「アルセニオ様にも、見張りをつけた方がいいわね。隠密行動が得意な者をつけられるかしら？」


「私兵の中から、隠密に長《た》けた者を用意しましょう」

グレンがさらに、神妙《しんみょう》な面持《おもも》ちで請《う》け負ってくれる。

「兵の配備に関しては、マッケンジー卿とナイジェルにお任せしてもよいかしら？」

「ええ、お任せを」

マッケンジー卿がどんと胸を叩《たた》く。ナイジェルも、こくりとこちらに頷いてみせた。

杞憂《きゆう》であれば完全なる空振《からぶ》りになってしまう。けれど……これが杞憂ではなくアルセニオ様の尻尾《しっぽ》を掴めれば、逆転の一手になるかもしれない。

「ナイジェル。アルセニオ様が怪《あや》しいことに、気づいてくれてありがとう」

お礼を言えば、ナイジェルは「いいえ」と言って照れたように笑う。

……わたくし、ナイジェルにたくさん助けられているわね。


翌日、まだ昼にもならないうちからアルセニオ様が屋敷《やしき》を訪れた。考える時間を長く与《あた》えたくなかったのか、早々に答えがほしかったのか。客間に入った瞬間《しゅんかん》に向けられた満面の笑《え》みから推測するに、恐《おそ》らく後者ね。

「すまないね。君に早く会いたくて来てしまったよ」

アルセニオ様はそんな白々しいことを言いながら、楽しそうに両手を広げた。

「わたくしも貴方に伝えたいことがあったので、お早い来訪嬉《うれ》しいですわ」

わたくしはそう答え、笑みを顔に貼《は》りつける。背後にいるグレンとマッケンジー卿、そしてナイジェルがちっとも嬉しそうなお顔でないことは、ご愛嬌《あいきょう》ね。

「そうか、それはよかった。それで、僕に伝えたいこととは？」

アルセニオ様の声音《こわね》にはあからさまな期待が滲《にじ》み、弾《はず》んでいる。案外単純というか能天気なお方ね。

「では単刀直入に言いますね。——婚約のお話はお断りします」

笑顔のアルセニオ様にそう言い放つと、彼の細い目は限界まで瞠《みは》られた。断られるとは夢にも思っていなかったと、そう言いたげなお顔だ。

「断るのかい。……必ず後悔《こうかい》するよ、ウィレミナ嬢《じょう》」

アルセニオ様の顔が怒《いか》りに歪《ゆが》み、こめかみに青筋が走る。血走った目で睨《にら》まれ、背筋がぞわりと粟立《あわだ》った。

後悔、か。カビによって苦しむ領民たちを見て、必ずするでしょうね。だけど……この選択《せんたく》が間違《まちが》いだとは思わない。

「貴方《あなた》と婚約した方が、絶対に後悔すると思ったもので」

わたくしの言葉に、アルセニオ様の目がさらにつり上がる。まるで悪魔《あくま》のようなお顔ね。

「さて、用事はお済みですね。お帰りはこちらです、アルセニオ様」

ナイジェルが扉《とびら》を開き、慇懃《いんぎん》無礼な態度で退出を促《うなが》す。アルセニオ様はぶるぶると体を震《ふる》わせてから、大きな足音を立てながら出口へと向かった。しかし扉を潜《くぐ》る前にこちらを振《ふ》り返る。まだなにか……言いたいことがあるのかしら？

「貴女《あなた》は絶対に、額《ぬか》ずいて僕に縋《すが》るだろう。それを楽しみにしている」

凄《すご》みのある笑みを浮《う》かべながら、アルセニオ様は言い放つ。そして、今度こそ屋敷を去っていったのだった。

「絶対に、ね」

アルセニオ様の馬車が遠ざかるのを窓越《ご》しに見送りながら、ぽつりとつぶやく。ちらりとナイジェルに視線を向ければ、彼はそれだけで人を殺せてしまいそうなくらいに鋭《するど》い視線を馬車へと向けていた。

……あの男を、殺してやりたいと思った。

アルセニオのことを思い返しながら、私は怒りを反芻する。姉様は卑怯《ひきょう》な手段で手に入れていいお方じゃない。それを、それを……。

「小僧《こぞう》、顔が怖えぞ」

聞き慣れた低い声《こえ》とともに、肩《かた》を軽く叩かれる。……マッケンジー卿《きょう》的には軽くのつもりなのだろうが、そこそこ痛い。本当に馬鹿力《ばかぢから》だな。

「いやぁ、しかし。あの小さかったお嬢さんが立派になったたな」

地図に村々の巡回《じゅんかい》の人員配備を書き込みながら、マッケンジー卿がぽつりと言う。現在、見回りの兵をどう配備するかの話し合いをマッケンジー卿としている最中なのだ。

「姉様は昔から立派な人でしたよ」

「まぁ、そうなんだがな。近頃《ちかごろ》はそれに貫禄《かんろく》が加わったというかね。支える方にもそれなりの風格が必要だな」

「……努力はしております」

姉様の隣《となり》に立てる人間になれるよう、努力はしている。しかし隣に立つ相手を選ぶのは姉様だ。

恋《こい》する男の勘違《かんちが》いでなければ、近頃は姉様からの好意を感じる……ような気がする。私の行動に頬《ほお》を染め、時には瞳《ひとみ》を潤《うる》ませる姉様を見ているとそんな期待をしてしまう。ただの勘違いという可能性もあるが、それは泣きそうになるので極力考えないようにしている。

しかし姉様は私の努力や自分の気持ちなど関係なく、ガザード公爵家《こうしやく》に相応《ふさわ》しいと思える相手がいるならそちらを選ぶのだろう。そんな冷静な判断ができるお方なのだ。

ついつい深い息を吐《は》くと、大きな手で頭をかき混ぜられる。その頭が左右に揺《ゆ》れるほどの力に私は眉《まゆ》を顰《ひそ》めた。ちらりと横目で見たマッケンジー卿の表情は……凪《な》いだ海のように穏《おだ》やかなものだった。

「お前の姉様は、人の努力をちゃんと見てくれる女性だ。報《むく》われるといいな」

「……報われることを、心より願っております」

「俺も可愛《かわい》い弟子《でし》の恋心が報われることを祈《いの》ってるよ」

からかうように、けれど優《やさ》しい声音で言いながらマッケンジー卿が地図にまた書き込みを増やす。

地図で改めて見ると、ガザード公爵家の領地が驚くほどに広大なことに気づかされる。

この領土を治めるとなれば、私には想像もできないような責任が姉様にのしかかるのだろう。

その責務と真正面から闘《たたか》おうとしている姉様を、支えたいと私は心から願っている。

「よし、網《あみ》ができたな。なにか抜《ぬ》けはないか？」

マッケンジー卿の声を聞き、地図に視線を戻《もど》す。しばらく地図を眺《なが》めた私は……。

「こちらには山道があり、街道《かいどう》より少し遠回りですが麦畑へ出られる道となっています。

アルセニオの手の者が身を隠《かく》して移動する可能性を考えると、ここも見回りのルートに入れていいかもしれません」

考えを口にし、ペンで山道に印をつけた。

「ふむ、じゃあそうするか。ガザード公爵家の兵の数が潤沢《じゅんたく》でよかったな。こんだけ、くまなく人を回せるんだから」

「見回る場所が限られているのも助かりましたね」

そんな話をしながら最終的な確認《かくにん》をしていると、軽《かろ》やかな足音が部屋へと近づいてくる。

この足音は姉様だ。

姉様がノックをする前に、扉に近づきそっと開く。すると目を丸くした姉様が目の前にいた。彼女の後ろには紅茶と菓子《かし》が載《の》った盆《ぼん》を持ったエイリンとロバートソンもいる。私たちを気遣《きづか》い、差し入れをもってきてくれたのだろう。

……姉様がここにいる。

その事実が嬉しくて仕方がない。あの男の手を取る選択を姉様がしなくて、本当によかった。姉様の姿を目にすると、改めてそんな安堵《あんど》を感じた。

「……ずいぶんと反応が早いわね」

姉様はそう言うと、大きな目をぱちぱちと瞬《またた》かせた。

「足音で姉様だと気づきましたから」

「ふふ、おかしな子。ずいぶんと根を詰《つ》めているから、そろそろ休憩《きゅうけい》を入れてはどうかと思ったの」

姉様が目線を送ると、エイリンとロバートソンが部屋に入り卓上《たくじょう》に紅茶と菓子の皿を置く。それを目にして、見かけによらず甘い物好きなマッケンジー卿が瞳を輝《かがや》かせた。

「では、頑張《がんば》ってね。マッケンジー卿も頑張ってください」

「待ってください姉様。ちょうど一段落ついたところなので、姉様も一緒《いっしょ》にいかがですか?」

出ていこうとする姉様を必死に引き止める。すると姉様はこちらを振り返り少し首を傾《かし》げた。姉様は唇《くちびる》に人差し指を当てて思案する表情になる。その様子は少しだけ幼く見えて、とても愛らしかった。

「……いいの? お邪魔《じゃま》にならない?」

大きな黒の瞳が上目《うわめ》遣《づか》い気味に私に向けられる。

「はい、ぜひ!」

食《く》らいつくように答えてお気が変わらないうちにと手を引けば、姉様は『仕方ない子』と言いたげな表情になった。

……しまったな。もっと毅然《きぜん》として、男として見てもらわないといけないのに。

「お前は本当に、落ち着きがないわね」

けれどくすくすと笑う姉様のまんざらでもなさそうな表情を見ていると、時々は『義《ぎ》弟《てい》』に戻るのも悪くないと思ってしまうのだ。

私が毅然としきれないのは……『義弟』に甘い姉様にも責任の一端《いったん》があるような気がする。


　カビが発生した各農村に人を派遣《はけん》し聞き取りをしたところ。フィオレ村のように、カビが発生する前には村に商人たちの訪《おとず》れがあったとの証言を得ることができた。

「カビの件はアルセニオの仕業《しわざ》ということで、決まりでしょうね。農村に商人が訪れるなんて機会はめずらしいことだ。同時期にカビが発生した箇所《かしょ》の村への訪《おとな》いが『たまたま』あるなんて、あり得ないです」

　ナイジェルがどこか凄みのある笑《え》みを浮かべながら言う。……満面の笑みなのに怒《おこ》っていることがよくわかるなんて、我が義弟ながらなかなか器用な表情をするものだ。

　そして、農村周辺の見回りを強化してから数日が経《た》った頃《ころ》。見慣れない男たちが各村への道筋を辿《たど》っているとの報告が見回りの兵から上がってきたのだ。

「……これはほぼ、黒確定かしら」

『あり得ない』ことが二度起きたのだ。報告を聞き終わったわたくしは、ナイジェルと顔を見合わせた。

わたくしとの婚約《こんやく》を引き出すために、他領を害し民《たみ》を苦しめるなんて。卑怯で、愚《おろ》かで、度し難《がた》い。怒《いか》りがふつふつと湧《わ》き上がり、この落とし前をどうつけさせるべきかという少々物騒《ぶっそう》な未来の想像が脳裏《のうり》を駆《か》け巡《めぐ》る。

「……冷静さを欠くなんて、いけないわね」

わたくしはその想像を一旦《いったん》断ち切り、深い呼吸をした。

疑わしきは罰《ばつ》せずよ、ウィレミナ。それが漆黒《しっこく》に近い灰色でもダメ。男たちがカビをばら撒《ま》いている現場を押さえ、捕《と》らえ、首魁《しゅかい》を吐かせる。それをしなければ先へ進めない。

男たちは以前村に立ち寄った時とは違い、目立たないよう行動をしているそうだ。隠密《おんみつ》行動にしても、旅人を装《よそお》うにしても……長閑《のどか》な農村付近ではそれなりに目立ってしまうわけだけれど。隠密で行動しているということは、迅速《じんそく》に目的を済ませてすぐさま撤収《てっしゅう》するつもりなのだろう。その現場を確実に押さえ、捕らえなければ。

「必ず、一人残さず捕らえましょう」

額に青筋を立てながら強い語気で言ったのは、ふだんは温厚《おんこう》の見本のようなグレンである。お父様から預かっている大事な領地が汚《けが》された可能性が高いことに、彼は怒り心頭《しんとう》という様子だった。

カントリーハウスから近い農村での男たちの捕縛《ほばく》には……ナイジェルとマッケンジー卿《きょう》

も赴《おもむ》くことになった。

確実な捕縛をするために、彼らも向かった方がいいとグレンとマッケンジー卿が判断したのだ。百戦錬磨《ひゃくせんれんま》のマッケンジー卿と、その弟子であるナイジェルだものね。彼らがいれば男たちを取り逃《のが》すようなことはないだろう。けれど……。

「気をつけてね、ナイジェル。無茶《むちゃ》はしないのよ」

出立するナイジェルの見送りに出たわたくしは、何度言ったかわからない心配の言葉を口にしてしまう。

ナイジェルは出会った頃の幼子ではない。騎士《きし》としての勇ましい姿を何度も目にしている。なのに胸中には、不安な気持ちがとめどなく湧き上がってくる。だって、不測の事態はいくらでも起き得るのだもの。ベイエル侯爵《こうしゃく》家の者たちが手練《てだれ》だったら？　交戦によって怪我《けが》などしない？

――万が一、命を失うようなことはない？

それを想像すると、背筋が冷たく凍《こお》る。ナイジェルが強いということは理解しているけれど、窮鼠猫《きゅうそねこ》を噛《か》むということもあるのだ。

マッケンジー卿が「俺の心配はしてくださらないんですかねぇ」などと冗談《じょうだん》交じりの口調でつぶやいているけれど、貴方《あなた》のような伝説級の存在がこの捕物《とりもの》で亡《な》くなるなんてことはないと思うのよ。

「無茶なんてしませんよ。無茶をせずとも、無傷でやつらを捕らえる自信はありますから」

ナイジェルはそう言うと、見惚《みと》れてしまうくらいに美しい笑みをこちらに向ける。そしてわたくしの黒髪《くろかみ》を一房《ひとふさ》取り、少し身を屈《かが》めてゆっくりと口づけた。髪には感覚など通っていないはずなのに……口づけられた箇所に甘やかな熱をたしかに感じた。その熱は頰《ほお》を熱し、心をほろ苦く焦《こ》がしていく。

「必ず、姉様のお役に立ってみせます。そして無事に戻りますから」

澄《す》んだ声音《こわね》での宣誓《せんせい》の言葉とともに、宝石のように輝く青の瞳《ひとみ》が向けられる。その瞳に宿る明らかな熱情が、より一層頰を熱くさせた。

「……ちゃんと、帰ってきなさいね」

熱に押し潰《つぶ》されるように自然と小さくなる声で言いつつ手を伸《の》ばして白く滑《なめ》らかな頰を撫《な》でると、ナイジェルは何度か瞬《まばた》きをする。美しい唇が笑みの形を作り、頰に触《ふ》れるわたくしの手に彼の大きな手が重ねられた。

「必ず」

ナイジェルは短く言うとわたくしの手を取り、手のひらに口づけた。

「ふぁっ⁉」

生々しい唇の感触《かんしょく》になんとも間抜《まぬ》けな驚《おどろ》きの声を上げるわたくしに微笑《ほほえ》んでから、ナイジェルはそっと手を離《はな》す。そして軽やかに身を翻《ひるがえ》し、用意されていた馬にひらりと跨《またが》った。

馬に跨るナイジェルの姿は……わたくしが幼い頃に憧《あこが》れていた、凛《りん》として清廉《せいれん》な空気を纏《まと》っている理想の騎士様そのものに見えた。

「いってきますね、姉様」

「いってらっしゃい、ナイジェル」

こちらに軽く手を振《ふ》ってから、ナイジェルは馬を駆けさせる。ナイジェルに続いて、マッケンジー卿と同行の兵士たちも馬を駆った。銀色の髪がふわりと靡《なび》き、夕焼けに照らされてきらきらと輝く。その煌《きら》めきに見惚れている間に、ナイジェルたちの姿はどんどん小さくなっていった。

「無事に、帰ってね」

失う不安で胸がいっぱいになるくらいに……ナイジェルのことが大事になってしまったのね。そんなことをしみじみと感じてしまう。

ナイジェルに口づけられた手のひらを、わたくしはじっと見つめる。

「あの子ったら。いつの間にわたくしの心に……こんなに大きな居場所を作ったのかしら」

ぽつりとつぶやいてから、わたくしは手のひらにそっと唇《くちびる》で触れた。

カントリーハウスから馬を飛ばすこと一時間ほどで、目的の村にたどり着く。しかし連中に気配を察知される可能性を考慮《こうりょ》し、村から少し離れた場所で馬を下りる手筈《てはず》となっていた。木立に馬を繋《つな》いでいると、男たちの動向を見張っていた兵士の一人がこちらにやってきた。彼によれば、やつらは村の近くで天幕を張っているらしい。日が完全に落ちるのを待ち、夜闇《よやみ》に乗じて麦畑へと向かうのだろう。人数は十人ほどいるらしく、全員捕縛するのはなかなか骨が折れそうだ。

……天幕でのんびりしているところを叩《たた》ければ楽なのだが。

しかしそんなことをしても、言い抜《ぬ》けされる可能性が高い。だからなんとしても、現行犯で捕《つか》まえなければ。

「もうすぐ出番だ。やれるな、お前たち」

マッケンジー卿がそう言うと、皆《みな》がこくりと頷《うなず》いた。英雄《えいゆう》との任務に兵士たちの表情は輝《かがや》いており、師に憧れる者の多さを改めて感じた。私も彼のような立派な騎士になれるだろうか。姉様に憧れていただけるような、そんな騎士に。

――思考に耽《ふけ》っている場合ではないな。お役に立つと姉様に約束したのだから。

「やつらが天幕を張っている位置がここ、ということは」

地図を開き、天幕があると聞いた場所に印を付ける。次にその場所から男たちがどの経路で麦畑に向かうかに思考を巡らせた。

大人数であとをつけ、動向を探《さぐ》ることは現実的ではない。なのでやつらの先回りをし、待ち伏《ぶ》せをする手筈となっていた。

「本命はこちらの経路でしょうか」

街道《かいどう》ではなく、いわゆる『地元の者』が使う道。木立に囲まれており、より目立たずに麦畑への移動ができる。

「その可能性が高いと俺も思う。まぁ、街道の方にも人員は回すがな」

「……そうですね」

「森を突《つ》っ切ってくる可能性は低いだろうが、そっちにも回しとくか。可能性を切り捨てて取り零《こぼ》すのが一番いけねぇ」

地図にある村と麦畑の間に横たわる小さな森。マッケンジー卿がそちらにもちょんと印をつける。

こうして話し合いを重ね、人員をどこに割《さ》くかが決まっていく。そして、十二人ずつの三部隊が編制された。十二人のうち一人は各部隊を繋ぐ伝令役に回るので、男たちの人数と大差ない。

私の配置は本命だと思われる小道の先になり、その部隊の指揮を執《と》ることとなった。

「さて、俺は街道に回るが。平気か、小僧《こぞう》？」

隣《となり》にきたマッケンジー卿《きょう》が、こそりと耳打ちをしてくる。

「平気に決まっているでしょう。貴方がいなくて、むしろ清々《せいせい》します」

なにを言うのやらと思い睨《ね》めつければ、マッケンジー卿はくっと喉《のど》を鳴らして笑う。

「はっ、言ってくれるね。まぁ死んでくれるなよ。お前が死ぬと、陛下や公爵にきついお叱《しか》りを受けるんでね」

「そういえば、貴方の仕事は私の護衛でしたね。いいんですか？　護衛対象から離れてしまって」

「いいんだよ。……俺は弟子《でし》のことを信用してるんでね」

唐突《とうとつ》なその言葉に、いろいろな感情で一気に胸が詰《つ》まった。この男から……『信用』なんて言葉が飛び出すなんてな。

「ああ、この任務放棄《ほうき》のことは内緒《ないしょ》にしといてくれよ」

マッケンジー卿はそう言うと、照れ隠《かく》しのように私の背中を強めにバンと叩く。そして皆に向き直った。

「麦畑は広大だ。気配に気づかれ夜闇に紛《まぎ》れて散開されたらやっかいだ。だから気配を死ぬ気で殺して待ち伏せろ。そしてやつらが『悪さ』をするのを見届けたら、速攻《そっこう》で捕まえるんだ」

吠《ほ》えるようなマッケンジー卿の言葉に、皆が頷く。やることは至ってシンプルだ。待ち伏せ、やつらの悪事の現場を押さえて皆捕《と》らえる。ただそれだけ。『はずれ』を引いた部隊には伝令役が『当たり』を伝えることになっているが。マッケンジー卿の部隊が当たりを引いた場合、別部隊が駆《か》けつけるまでにすべてが終わっていそうだな。……むしろあの人は一人で百人力なのだから、部隊の人数を間引いてほかに回してもいいのではないだろうか。内心、そんなことを考えてしまう。

──私が『当たり』を引いたとしても、皆が来る前に片づけるつもりだが。

皆がそれぞれの配置につくため散開していく。私も同じ配置の兵士たちとともに、夕闇から夜闇に変わりはじめている道を進んだ。

しばらくの間歩くと、前方に一面の麦畑が見えてくる。幸いなことに周囲には樹木が多く、私たちは麦畑が見通せる位置に身を隠した。そして、小一時間ほど経《た》った頃《ころ》だろうか。小道の方から、人の話し声と気配を感じた。そして見張りから聞いた通りの、十人ほどの男たちが姿を現す。

どうやら私が『当たり』を引いたらしいな。伝令役に目配せをすると、彼は気配を綺麗《きれい》に殺してその場を離れた。

注意を払《はら》いつつ、男たちに目を向ける。動きから察するに、おそらく戦闘《せんとう》訓練の類《たぐい》を受けている人間だ。ベィエル侯爵家《こうしゃくけ》が抱《かか》えている兵士だろうか。それとも傭兵《ようへい》か？　佩剣《はいけん》している者、斧《おの》を背負っている者……装備のばらつきから見るに傭兵の方かもしれない。

彼らはランタンの灯《あか》りでザックを照らし、瓶《びん》を中から取り出し各々《おのおの》手にする。ここからでは中身は見えないが……恐《おそ》らくあの中にあの忌《い》まわしいカビが入っているのだろうな。

「さて、皆散らばれ。とっとと済ませて引き上げるぞ」

リーダー格らしい男の言葉と同時に、男たちが麦畑へと踏《ふ》み入っていく。ここまで状況《じょうきょう》が整えば、言い逃《のが》れなんてことはできまい。

「――行くぞ」

兵たちに声をかけるのと同時に、隠れていた茂《しげ》みから飛び出す。そしてリーダー格らしき男の頭に、鞘《さや》に入ったままの剣《けん》で強い打撃《だげき》を叩き込んだ。

「ぐ、うっ！」

男は呻《うめ》き声を上げ、その場に倒《たお》れ伏《ふ》す。死んではいない、そのはずだ。残りの男たちは呆気《あっけ》に取られたあとに、一気に色めき立った。

「く、くそ！　ガザード公爵家の手の者か⁉」

「うわ、他《ほか》にもいやがる！」

私のあとに続いた兵士たちが男たちに向かっていく。夜の静寂《しじま》を怒号《どごう》と剣戟《けんげき》が揺《ゆ》らし、その場は一気に混沌《こんとん》と化した。

リーダー格を叩いたからか、やつらの足並みは揃《そろ》わず形勢はこちらが有利だ。

正面から斬《き》りかかってきた男の腹に遠慮《えんりよ》のない力で蹴《け》りを入れ、背後から襲《おそ》おうとしてきた男の顔を振《ふ》り返りざまに剣を持っていない方の手で数発殴《なぐ》りつける。すると男たちは、呆気なく地面に崩《くず》れ落ちた。

――体術で戦うこんな姿、姉様には見せられないな。

ふと、そんなことを思ってしまう。今回はできる限り生け捕《ど》りにするのが目的なので、剣を使うよりもこの方が要領がいいのだが。幼い頃より剣を華麗《かれい》に振るう騎士《きし》に憧《あこが》れていた姉様を、がっかりさせてしまうかもしれない。

「この小僧が!」

叫《さけ》びながら襲いかかってきた男が、斧を大きく振り回す。その鈍《のろ》い動きを難なく躱《かわ》し、リーダー格の男と同じく頭に鞘入りの剣を叩き込んでやった。ふと畑に目をやると、一人の男が麦をかき分け逃《に》げようとしている。そいつが手にしているランタンのおかげで、夜闇の中でもどこに逃げようとしているのかよくわかる。私は男の方へと……躊躇《ちゆうちよ》なく駆け出した。

「ひっ!」

私の気配に気づいた男は振り返ると、怖気《おじけ》づいた声を上げる。振り返りなどせず、足を動かせばよかったものを。足が止まったおかげで男との距離《きより》は一気に縮まる。そして私は、軽く地面を蹴ると男の延髄《えんずい》に激しい蹴りを叩き込んだ。その一撃《いちげき》で、男の動きは停止する。倒れた男の首根っこを引っ摑《つか》んで麦畑から出ると、大勢は決していた。男たちは地面に伏しているか、捕縛《ほばく》されているか。その二択《にたく》となっていたのだ。

「ほとんど、ナイジェル様が倒してしまいましたね」

「五人しか倒していませんよ。マッケンジー卿なら、全員を倒していたでしょう」

感心したように兵士の一人に言われ、私はそう返した。これはお世辞でも冗談《じょうだん》でもない。あの男なら、確実にそれができただろう。私の言葉を聞いた兵士は、感心と驚《おどろ》きの双方《そうほう》が含《ふく》まれた「へぇえ」という奇妙《きみょう》な声を漏《も》らした。

男たちに縄《なわ》をかけていると、伝令に連れられた別部隊がやって来る。マッケンジー卿も当然その中にいた。

「お疲《つか》れさん。俺の出る幕はなかったなぁ。ところで、何人倒した？」

「……………五人ですよ」

訊《たず》ねられ渋々《しぶしぶ》口にすれば、にやりと嫌《いや》な笑《え》みを向けられる。

「ふーん、まぁまぁってとこだな。俺の弟子なら、せめて七人は倒してほしかったなぁ」

「そう言われると思ったので、言いたくなかったんですよ」

『生け捕り』というものは殺すよりも難しい。それがわかっていて、この男はこんなことを言うのだ。

次こそは絶対に……マッケンジー卿を感心させてやる。

「よし、こいつらを連れて戻《もど》るか。この人数だと、村で馬車を借りてこなきゃ連れていけねぇな」

「……そうですね」

出立の時。瞳《ひとみ》を潤《うる》ませながら、私の身を案じてくれた姉様のことを思い返す。早く帰って、姉様を安心させてあげたいな。

村人から借りた馬車に男たちを詰め込み、カントリーハウスに戻ると……。

「ナイジェル、お帰りなさい！」

泣きそうな表情の姉様が、こちらに駆け寄ってきた。慌《あわ》てた様子の姉様の足は今にももつれてしまいそうで、転んでしまわないかと心配になり私も急いで姉様のお側《そば》に駆け寄る。

「ただいま戻りました、姉様」

「怪我《けが》は？　怪我はしていない？」

「お約束の通り、私は無傷です。大きな怪我をした者もいませんし、任務も無事に果たしました」

そう言いつつ両手を広げてみせれば、姉様は上から下まで私の姿を眺《なが》めたあとにほうと細くて長い息を吐《は》く。そして、地面にぺたりと座り込んでしまった。

「姉様！　大丈夫《だいじょうぶ》ですか？」

慌てて手を差し出せば、姉様はその手をはしりと取る。しかしその手は震《ふる》えており、足も萎《な》えてしまっているのか立ち上がれないままのようだった。遅《おく》れて屋敷《やしき》から出てきたグレンが、そんな姉様の様子を見て目を丸くする。

「お嬢様《じょうさま》、大丈夫ですか？」

グレンはこちらに来ると、心配そうに姉様に声をかける。

「だ、大丈夫。……安心して腰《こし》が抜《ぬ》けてしまったみたい。それだけよ」

姉様はそう言うと、眉尻《まゆじり》を下げながら安堵《あんど》の滲《にじ》む笑みを零《こぼ》した。

もっと強くならないといけないな。姉様のご様子を目にして、改めてそんなことを思う。私がマッケンジー卿のように強ければ、姉様にここまでの心労をかけずに済んだはずなのだ。それを心から悔《くや》しく思う。

……しかし、どうしたものだろうか。夏とはいえ今は夜だ。冷たい地面に座らせたままだと、姉様のお体に障《さわ》るかもしれない。

「姉様、無礼をお許しください」

「え……？」

一声かければ、姉様は不思議そうに私を見つめる。そしてその体に手をかけた瞬間《しゅんかん》、私の意図に気づいたのかぶんぶんと首を横に振った。

「ナ、ナ、ナ、ナイジェル！　大丈夫よ！　もう少ししたら立てるから！」

「いいえ、このままではお体を冷やしてしまうかもしれません。だから私に運ばせてください」

姉様の蚊《か》ほどの抵抗《ていこう》を無視してそのお体を抱《だ》き上げれば、驚くほどに軽かった。『羽根のよう』という形容を使いたくなるな。

「や、あ」

姉様は顔を真っ赤にして、何度も口をパクパクさせる。

「ナイジェル！　こっちはいいから、ウィレミナ嬢に温かいものでも飲ませて差し上げろ」

「そうですね、それがいいですね」

めずらしくマッケンジー卿《きょう》が気の利《き》いたことを言い、グレンもそれに同意する。

「ありがとうございます。マッケンジー卿、グレン」

私は二人に礼を言うと、姉様を抱えたまま屋敷に入った。そして姉様に視線を向けると……彼女は顔を真っ赤にしたままで俯《うつむ》いてしまっていた。

「急に抱き上げてしまい、ご不快でしたか？」

不安になって訊ねてみれば、姉様は黒の目を瞠《みは》ったあとにぶんぶんと首を横に振った。その様子は本心のように見えたので、私はほっと胸を撫《な》で下ろした。

「ナイジェル」

姉様は私の名を呼ぶと、胸に頭を預けてくる。そ、そんな愛らしいことをされると心臓が壊《こわ》れてしまいます、姉様！

「……本当に心配だったの」

震える声で姉様は言い、ぐりぐりと胸に頭を押しつけてきた。その子どものような仕草から甘えの感情を感じ取り、姉様が声を震わせているのに嬉《うれ》しいと思ってしまう自分がいる。ダメだ、そんなことを思っては！

「私は無事です、姉様」

安心させようと声をかけながら、姉様のつむじに唇《くちびる》を寄せる。するとふわりと優《やさ》しい姉様の香《かお》りが鼻先に香った。その芳香《ほうこう》にくらくらと理性が揺らされる。

「ナイジェル、くすぐったいわ」

「……お嫌ですか？」

「そんな言い方、ずるいわ」

私に触《ふ》れられることを、姉様が拒絶《きょぜつ》しない。そのことが嬉しくて、さらにつむじに唇を落とす。すると姉様は少し目をつり上げながら、私の胸を小さな手で押した。

「悪戯《いたずら》ばかりしないの！」

「申し訳ありません、姉様」

愛らしいお叱《しか》りに、ついつい顔が緩《ゆる》んでしまう。姉様はそんな私を目にして頬《ほお》を膨《ふく》らませた。

「お前ったら、申し訳ないなんて顔をしていないわ」

だって姉様が、心からの『嫌だ』というお顔をしていないから。その言葉はそっと胸にしまうことにする。口に出したら『下ろして』なんて言われかねない。私はもう少しだけ、この幸せな時間を堪能《たんのう》したいのだ。

「ねぇ、ナイジェル」

「なんですか、姉様」

「ナイジェルが強いことは、ちゃんとわかっているのよ?」

「それは嬉しいです、姉様」

マッケンジー卿に、姉様に、認めてほしい人々に騎士《きし》としての働きを認めてもらえる。それは私にとって望外の喜びだ。

「……そうわかってはいても、やっぱり心配だったの」

姉様はそう言ってから、しばしの間沈黙《ちんもく》する。

「お前がいなくなったらと思うと、こんなに胸が苦しいなんて」

次に姉様から零れた言葉はなんだか意味深で、私は思わず足を止めてしまった。

「姉様、それはどういう――」

「な、なんでもないわ! ほら早く部屋に行きましょう! わたくし、紅茶が飲みたいわ!」

真意を追及《ついきゅう》されたくないらしく、姉様は「紅茶にはミルクをたっぷり入れたい」だの「マカロンがあると嬉しい」だのと、非常にわかりやすく話を逸《そ》らす。

姉様が望まないのなら、追及はしない方がいいだろう。そう結論づけた私は、姉様が変えた話の矛先《ほこさき》にそのまま乗ることにした。

——先ほどのお言葉が、姉様のお心が私に傾《かたむ》きそうになっている兆《きざ》しだったら……そうであればいいのにな。

私はテランスのように口が上手《うま》くもないし、マッケンジー卿ほどの押しの強さもない。けれど姉様を想《おも》う気持ちの強さだけは、誰《だれ》にも負けないつもりだ。これからも自分なりの方法で、姉様に気持ちを伝え続けよう。この一生の間、そうするんだ。

愛しているという気持ちを込めて、姉様の体を抱く手の力を少し強める。姉様はそんな私の意図に……まったく気づいていないようだった。

「ミルクたっぷりの紅茶は大丈夫でしょうけれど、マカロンはないかもしれませんね」

「……ないならないで、別にいいのよ」

「焼き菓子《がし》はなにかあると思いますが。マッケンジー卿が食べてしまっていなければ」

「ふふ。マッケンジー卿は甘いものがお好きだものね」

会話をしているうちに、空気が柔《やわ》らかに解《ほど》けていく。腕《うで》の中にある姉様の体温を逃《のが》したくなくて、私はゆっくりとした足取りで居間へと向かった。

第五章　わたくしと義弟の未来のこと

村々へカビの被害《ひがい》を広めるために向かっていた男たちは皆捕縛《みなほばく》され、結果的には数十人を捕《と》らえる大捕物《おおとりもの》となった。

そしてマッケンジー卿とグレンがきつく男たちを締《し》め上げると、彼らは簡単にアルセニオ様の関与《かんよ》を自供したのだ。これだけの大人数が捕《つか》まったのだから、いずれ誰かが口を割る。だったら受ける苦痛は少ない方がいいという判断で早めに口を割ったのかもしれないわね。

傭兵《ようへい》、ベイエル侯爵《こうしやく》家の私兵。そんな素性《すじよう》のものたちが、アルセニオ様により例のカビを渡《わた》されて今回の捕物のあった村々へと出向いていたのだ。

他家から領地を害された推測は確定的なものとなり、わたくしは怒《いか》りに震《ふる》えた。

ベイエル侯爵領に戻《もど》っていたアルセニオ様は、グレンからの連絡《れんらく》を受けたベイエル侯爵によって侯爵家の屋敷《やしき》に軟禁《なんきん》されているそうだ。

アルセニオ様の処分に関して裁定を下せるのはガザード公爵家の当主であるお父様しかいないので、やり場のない怒りを抱《かか》えながら現状をまとめた書簡をしたためていた時……。

「ウィレミナ！」

「お、お父様⁉」

お父様が突然《とつぜん》部屋に飛び込んできたので、わたくしは驚《おどろ》いてしまった。お父様にはわたくしやグレンから、早馬での報告が届けられていた。不穏《ふおん》な内容ばかりの報告に焦燥感《しょうそうかん》を覚えたお父様が、急遽《きゅうきょ》駆けつけてくださったのだ。駆けつけてくれたことは当然嬉しい。けれどしばらくの間王都でのお仕事が忙《いそが》しいと聞いていたのに、そちらは大丈夫《だいじょうぶ》なのかしら。それを訊《き》くのが少しだけ怖《こわ》いわ。ま、まさか放《ほう》り出してはいないわよね。

「ウィレミナ、大変だっただろう！」

お父様が叫《さけ》びながらわたくしに飛びつき、ぎゅうぎゅうと強く抱きしめてくる。久しぶりのお父様との邂逅《かいこう》に頰が緩むけれど、抱きしめる力が強すぎて背骨が折れてしまいそうだわ。

「お父様、あの」

「しばらくこうさせてくれないかな」

「えっと……」

久しぶりの再会はわたくしも嬉しいけれど、お伝えしたいことが山ほどあるので困ってしまう。

お父様はわたくしを抱きしめたまま離《はな》れてくれず、最終的にはナイジェルとマッケンジー卿《きょう》の手を借りて無理やり引き剝《は》がすことになったのだった。

「……着くなり取り乱してしまって、済まなかったね」

頰を赤らめながら咳払《せきばら》いをし、お父様が長椅子《ながいす》に腰《こし》を下ろす。冷静になられたようでよかったわ。騎士二人が引っ張ってもなかなか離れてくれなくて、本当にどうしようかと思ったもの。なにかに熱情を傾ける時の人間の力というものは、すごいものなのかもしれない。

「ガザード公爵は相変わらずの娘馬鹿《むすめばか》ですな」

「マッケンジー卿。私は娘馬鹿である自身を、誇《ほこ》らしく思っているよ」

少し呆《あき》れ気味といったマッケンジー卿の言葉にめげる様子もなく、お父様が胸を張る。そんなことを誇らないでほしいわ。

「姉様は愛らしいですからね。馬鹿になっても仕方がありません。ええ、私もすっかり姉様馬鹿です」

なぜだかナイジェルまで得意げな様子で胸を張る。本当になにを言っているのかしら、この子は！　変なところだけ、お父様に似てしまった気がするわ……。

……先日は、ナイジェルの前で情けないところを見せてしまった。

思い返すと失礼な心配だったわよね。ナイジェルは立派な騎士で、素晴らしい働きで任務を果たしたのだ。意図せずとはいえ彼の努力を軽《かろ》んじてしまったと、情けない気持ちになるわ。

過剰《かじょう》な心配で気を揉《も》んで腰を抜《ぬ》かし、子どものように抱《だ》いて運ばせてしまうなんて。

わたくしは平均的な体重だと思う。その上、ペチコートを何枚も重ねた重いドレスを着ていたのに軽々と抱き上げられてしまったわ。前にも抱えられたことがあるけれど、義弟《ぎてい》はずいぶんと力持ちになったなと思う。腕ががっしりとしていて胸板《むないた》も厚く、ナイジェルが『男の人』なのだとしみじみと感じさせられ……ってわたくしったらなにを考えているのかしら！

顔がどんどん熱を持ち、尋常《じんじょう》ではない熱さとなる。わたくしは両手で、熱された頰を押さえた。そんなわたくしの様子を、ナイジェルとお父様が不思議そうに見つめる。

「公爵閣下と可愛《かわい》い弟子《でし》が、幸せそうでなによりですよ」

マッケンジー卿は軽く肩《かた》を竦《すく》めてから、「飯でも食ってきます」と言ってひらりと手を振《ふ》り去っていく。ここには要人が三人もいるのに、本当に気ままなものである。有事の際には、すぐに駆けつけてくださるのだという確信はあるけれど。そしてマッケンジー卿と入れ替《か》わりで、部屋にはグレンがやってきた。

「久しいね、グレン」

「お久しぶりです、閣下。お嬢様《じょうさま》との感動の再会はいかがでしたか？」

「最高だったよ。ただもう少しだけ、親子の親睦《しんぼく》を深め合う時間がほしかったな」

この口ぶりだと、お父様は屋敷に着くなりグレンに挨拶《あいさつ》もせずにわたくしのところに来たのだろう。わたくしはカントリーハウスに滞在《たいざい》する際には毎回同じ部屋を使っているため、たどり着くのは容易だったはずだ。

「お父様、再会はあとからいくらでも喜びますから。先に少し、堅苦《かたくる》しいお話をよろしいかしら？」

「もちろんだよ、ウィレミナ。早馬でくれた手紙以降、なにか展開があったのかい？」

領地で謎《なぞ》のカビが流行《はや》っていること、カビの被害を大きく受けているフィオレ村の支援《しえん》と減税について、そしてフィオレ村近くの養護院の支援を許可してほしいこと。……アルセニオ様に脅《おど》し混じりに婚約《こんやく》を迫《せま》られたこと。それらのことまでは、お父様に伝わっている。

けれど一番大きな出来事が、まだ伝わっていないのだ。

「とても、大きな展開がありました」

わたくしは表情を引き締《し》めると、アルセニオ様の企《たくら》みに関することをお父様に話した。

するとお父様のお顔からは、みるみるうちに表情が抜け落ちていく。ふだんは柔らかな印象のお父様にそんな顔をされると、落差でとても恐《おそ》ろしい。無言でも、肌《はだ》を刺《さ》すようなお怒りが伝わってくるわ。

「なるほど。それは大変だったね……ふむ」

お父様はしばらく思案してから、わたくしに視線を向けた。

「ウィレミナ。他領を害した際の、罰則《ばっそく》のことは知っているかい？」

「ええ、知っております。正当な事由がある場合を除いて、他領の侵犯《しんぱん》には罰則が科せられるのですよね。その罰則の内容には、かなりの振り幅《はば》があったと思いますけれど……」

家の取り潰《つぶ》し、領地の一部のみの取り上げ、罰金だけ、一家全員斬首《ざんしゅ》など——他領侵犯の理由や内容によって罰則の内容はさまざまに変わる。アルセニオ様が犯《おか》した罪の場合はどの程度の罰則が下るのだろうか。

「ウィレミナは賢《かしこ》いね。たくさん勉強をしていて偉《えら》いな」

お父様は顔を綻《ほころ》ばせたあとに、表情をまた真剣《しんけん》なものへと戻した。

「今回のことがアルセニオ殿《どの》の独断であれば……。我が領地に与えた損害の金銭的な補償《ほしょう》と、アルセニオ殿の貴族籍剝奪《せきはくだつ》という罰則に落ち着くだろう。それとアルセニオ殿の研究成果の接収もできればいいけどね。いや、させていただこう」

お父様はそう言うと楽しそうに笑う。その笑《え》みに黒いものが見え隠《かく》れしているように見えるのは、きっと気のせいではないはずだ。『ほしい』と思ったものを、お父様は必ず手に入れる。正々堂々と、誰《だれ》にも文句を言わせない道義に反しない方法で。おっとりとしたお父様の見目からはとても想像がつかないけれど、それができる人なのだ。

「彼の兄上は優秀《ゆうしゅう》だと聞くし、欲深い弟がいなくなってベイエル侯爵家はむしろよい風向きになるかもしれないね。向こう十年……いや、二十年は周囲からの風当たりが強いかもしれないが」

そう言ってから、お父様は従僕が持ってきた紅茶を口にした。お父様の言う通りの罰則になるのであれば、落とし所としては妥当《だとう》というところかしら。

ベイエル侯爵《こうしやく》家もこの処罰《しょばつ》を拒絶《きょぜつ》することはないだろう。いいえ、そもそも拒絶する権利がない。アルセニオ様がやったことは、明確な『黒』なのだから。

……アルセニオ様がやっていた研究の成果は、接収されてしまうのね。人生をかけていた努力の結晶《けっしょう》が取り上げられ、誰かのものとなってしまう。自業自得《じごうじとく》とはいえ少しだけ可哀想《かわいそう》な気持ちにもなるわね。

けれど命は奪《うば》われないのだから、奮起すればまたどこかで研究をすることもできるだろう。今度は平民として、誰かの下で……ということになるのだろうけれど。プライドが高そうな彼が、それに耐《た》えられるのかしら。

「ベイエル侯爵家ぐるみで今回の件を企んだという可能性は……小心者のベイエル侯爵のことだから、まぁないか」

お父様はそう言うと、うんうんと小さく頷《うなず》く。

「しょ、小心者ですか」

「うん、ベイエル侯爵は昔から肝《きも》の小さい男でね。そんなだから息子《むすこ》の一人も制御《せいぎょ》できないんだ。まったく、自業自得だね」

お父様のベイエル侯爵に対する評価が容赦《ようしゃ》ないわ。

昔会ったことがあるベイエル侯爵は、物静かで言葉少なな男性だった。アルセニオ様と同様研究者気質でいつも引きこもっており、社交にもほとんど出ていらっしゃらないお方だ。引きこもっているのも社交に出ないのも、『小心者』が理由だったりするのかしら。

「ウィレミナ、すまなかったね」

お父様が眉尻《まゆじり》を下げながらわたくしを見つめる。

「……お父様？」

お父様に謝られる覚えがなかったわたくしは、首を傾《かし》げた。

「私は目に見える条件に囚《とら》われすぎて、誤った婚約者候補選びをしていたのかもしれないな。大切な君の将来がかかっていることなのにね」

……お父様はなにも悪くないわ。

条件面だけ見ればベイエル侯爵家はなんの瑕疵《かし》もない……いえ、なかった家だ。お父様が婚約者候補として挙げたことはなんらおかしいことではない。その上、アルセニオ様とは密な交流をしていたわけではなかったので彼の内面を量る機会が少なすぎた。これはアルセニオ様との交流を怠《おこた》っていた、わたくしの責任でもある。

「お気になさらないでください、お父様。婚約者候補にはテランス様のような素晴《すば》らしい

方もいらっしゃいますわ」

「そうかもしれないけれどね。適宜《てきぎ》、篩《ふるい》にかけておくべきだった」

「お父様……」

力なく肩を落とすお父様を見ていると、いたたまれない気持ちになる。お父様は、本当になにも悪くないのに。

「ねぇ、ウィレミナ」

「なんですか、お父様」

「生真面目《きまじめ》な君には、いろいろ背負わせてしまっているけれど。……君が後悔《こうかい》しない、幸せになれると思える相手を選ぶんだよ」

「お父様……」

絞《しぼ》り出すように唇《くちびる》から零《こぼ》れたお父様の言葉に、わたくしは目を瞠《みは》った。

「我が家のためになる、という前提条件はやはり崩《くず》し難《がた》いけれどね。だけど選べる選択肢《せんたくし》の中で後悔しない人を選んでほしい。ウィレミナには幸せになってほしいからね」

背後の気配がにわかに騒《さわ》がしくなる。ナイジェルがどんな様子なのか想像がついてしまうわね。

自分を選んでほしいと、全力で尻尾《しっぽ》を振っているのだろう。そんな義弟の様子を想像すると頬《ほお》が緩《ゆる》んでしまう。

わたくしの選択《せんたく》、か。気持ちはとある方向にすでに傾《かたむ》いている。懸命《けんめい》に私を支えようとしてくれる、優《やさ》しくて頼《たよ》りになるあの子に向かってだ。

家のための選択として見た場合も……ナイジェルは決して不適格な相手ではない。ナイジェルは隠されているとはいえ王族で、その上将来を嘱望《しょくぼう》される優秀な騎士《きし》なのだから。

他家と縁《えん》を結んだ時のような、家同士の繋《つな》がりによる益は得られないけれど……。――その損は、女公爵となった際にわたくしの手によって埋《う》めればいい。それくらいの努力はしてみせるわ。

あとは勇気を出してナイジェルに気持ちを伝えるだけ。その一歩の勇気が……恋愛《れんあい》初心者であるわたくしには、なかなか難しくはあるのだけれど。

ちらりと後ろを見れば、きらきらと瞳《ひとみ》を輝《かがや》かせるナイジェルと視線が合った。眩《まぶ》しいその表情の圧に耐えきれず、わたくしは再び前を向く。すると背後の気配が、しゅんと耳と尻尾を垂らすのを感じた。こ、この義弟《ぎてい》は！　人の罪悪感を煽《あお》るのが本当に上手なんだから！

「で、では。愛《いと》しくてたまらないからと現在の婚約者候補外から誰かを選んだら、お父様はどう思われますか？」

「有能な人物なら……うーん。しかし家格にあまりに釣《つ》り合いが取れていないのはね」

熱を持つ頬を意識しながら問いかけると、お父様は真剣に考え込んでしまう。

「お父様、そこまで考え込まなくても」

お父様はふっと笑うと立ち上がり、こちらにやってくる。温かな手のひらで優しく頭を撫《な》でられ、少しくすぐったい気持ちになった。

「妻と過ごしている間、私は幸せだったよ。それはとても、短い間だったけれどね」

「……お父様」

「君が誰かとそんなふうになれることを、私は心から願っている。それは本当だよ」

「はい、お父様」

お父様の愛情が、優しい声音《こわね》や慈《いつく》しむような視線から痛いくらいに感じられる。それが嬉《うれ》しくて抱《だ》きつけば、しっかりと抱き返された。

「ひとまず、ベイエル侯爵家の騒動《そうどう》は一件落着ですかね」

ぽつりとグレンが漏《も》らした言葉に、わたくしは頷く。お父様がアルセニオ様の研究成果を接収するのであれば、その研究成果には今回のカビに効く農薬も含《ふく》まれる……研究成果を接収する前に今回の詫《わ》びの一部として差し出される可能性も高いわね。今年出た被害《ひがい》に関しては回復は困難だと思うけれど、来年に関しては被害を防げるはずだ。

すべて解決、ということでいいのよね。

そう思っていたわたくしのもとに、王都への移送直前にアルセニオ様が消えたという知らせが届いたのは……数日後のことだった。

『ウィレミナ嬢《じょう》、元気にしている？　ベイエル侯爵家との悶着《もんちゃく》で大変だったみたいじゃない。無事に諸々《もろもろ》片づいたようでよかったわね。帰ったらたくさん愚痴《ぐち》を聞くから、必ず私とお茶会をなさい。いいわね、絶対よ。大変だったことだけではなく、いい方の土産話《みやげばなし》もたくさん聞かせなさいね』

エルネスタ殿下《でんか》から届いた殿下らしい文面の手紙を読んで、わたくしは少しだけ笑ってしまった。同時に『まだ無事に諸々片づいてはいないのです』と、心の中でため息をつく。

「アルセニオ様はどこに行ったのかしら」

アルセニオ様の行方《ゆくえ》は、未《いま》だ摑《つか》めていない。持ち出せるだけの金品を持ち出しての失踪《しっそう》だったそうなので、金品と引き換《か》えに誰《だれ》かに匿《かくま》ってもらっているのかもしれない。

……万が一彼がなにかを企《たくら》んでいるとしたら困るわね。早く捕《つか》まるといいのだけれど。

「ベイエル侯爵家が、必死で捜《さが》しているらしいけれど……。一体どこにいるのだろうね」

お父様が眉《まゆ》を顰《ひそ》めながら、苛立《いらだ》たしげに机を指で小突《こづ》く。

「早く、捕まえたいですね」

ナイジェルもそう言うと、腕組《うでぐ》みをした。

彼が不在でも証拠《しょうこ》のみで判決は下せるし、ベイエル侯爵《こうしゃく》家からの補償《ほしょう》も求められる。しかしそういう問題ではなく、罪人をのうのうとのさばらせるわけにはいかないのだ。この国には法というものがあるのだから、裁きの場で本人に沙汰《さた》を下すことはとても大事なことだ。

「……君がこんなに心配なのに王都へ戻《もど》らないとならないなんて。ああ、離《はな》れたくないな」

お父様がぎゅうと私を抱《だ》きしめため息をつく。お父様がいないと回らないお仕事は多々あるようで、『早く戻れ』とだけ書かれた陛下直筆の書簡を持った王家の使いが早馬でやってきたのだ。ベイエル侯爵家の処遇《しょぐう》関係の話も陛下と摺《す》り合わせる必要があるし、仕事がなくてもお父様は王都へ戻らないといけないのよね。

……数日だったけれど、久しぶりにお父様といられてよかったわ。

大事にされている。そして想像していたよりも、お父様はわたくしの幸せを願ってくださっている。それが嬉しくてたまらなかった。

「お父様、この屋敷《やしき》にはナイジェルとマッケンジー卿《きょう》がいますから。最高の警備態勢と言っても過言ではありませんわよ？」

マッケンジー卿は歴戦の勇士だ。ナイジェルももちろん頼りになるし、マッケンジー卿の連れている騎士たちや公爵家の騎士や兵士だっている。アルセニオ様が、わたくしをどうこうできるような状況《じょうきょう》ではないと思うのよね。……油断しすぎるのも、よろしくないとは思うけれど。

「まぁ……それはそうだね」

お父様は渋々《しぶしぶ》という様子でわたくしから身を離す。

「お父様。冬のお休みは一緒《いっしょ》に過ごしましょう？」

「本当かい？　今から楽しみにしているよ！」

我ながら気の早い話をしてしまった……と思ったのだけれど、お父様は嬉しそうに表情を輝かせる。背伸《せの》びをして頬に口づければ、何倍もの口づけが額や頬に返ってきた。お、お父様お返しが多すぎよ！　お父様の出立を今か今かと待ち構えている王家の使者の方の視線がとても痛いわ！

「姉様は、必ず守りますので」

ナイジェルがそう口添《くちぞ》えをすると、お父様は微笑《ほほえ》ましげな顔で「そうか、そうだね」と言って頷《うなず》く。

「では、二人とも無事で――ちょ、もう少しだけウィレミナと話を……ウィレミナぁああ！」

王家の使いに引きずられテキパキと馬車に押し込められるお父様を見ていると、お忙《いそが》しいのにご足労いただいて本当に申し訳ない気持ちになる。けれど、それだけ心配してくださったのよね。そのお気持ちはありがたく受け取っておこう。

走り出した馬車の窓からはお父様が身を乗り出しており、大きく手を振《ふ》っていた。お、落ちてしまいそうではらはらするのだけれど！　そんなお父様の首根っこを王家の使者の方が掴み、馬車の内部へと引き戻された。……お父様の扱《あつか》いが、案外雑ね。だけどよかったわ、お父様が馬車から転がり落ちるようなことがなくて。

「お父様ったら、相変わらずなのだから。ふふ。仕事を放《ほう》って領地まで来るなんて、少しばかり過保護よね」

「過保護ではありません、必要な保護です。姉様は頑張《がんば》りやだから、なんでもお一人で背負おうとしてしまうので。周囲が甘やかすくらいでちょうどいいのですよ」

「まぁ」

ナイジェルがあまりにもきっぱりと言い切るので、わたくしは目を丸くした。

「姉様はもっともっと、甘やかされていいのです」

ナイジェルの指がこちらに伸《の》び、指先にわたくしの髪《かみ》をくるりと巻きつける。向けられた笑《え》みからは濃厚《のうこう》な色気が漂《ただよ》っており、わたくしの心臓はにわかにうるさくなってしまう。

「私もたっぷりと、姉様を甘やかしますね」

「そんなことを言われても……！　お前はすでにじゅうぶん甘やかしで過保護だと思うのよ！」

「姉様」

「な、なにかしら」

「私の甘やかしに、天井《てんじょう》があるとお思いで？」

そんな、とてもいい笑顔で妙《みょう》なことを言われても困るわ。

お父様とナイジェル両方に全力で甘やかされたら、わたくしダメ人間になってしまうじゃないの！

……甘やかしも悪くはないけれど、荷物を半分分けて持つような支え合う関係の方が嬉しいわね。

たしかに一人で立つのがつらい時もある。けれど誰かに寄り掛《か》かり、真綿でふわりと保護されるようにすべての障害から守ってほしいわけじゃないわ。一方的な関係ではなく、互《たが》いに支え合える関係の方がいい。

ほかの誰でもない。ナイジェルとだから……そんな関係になりたいのだ。

──彼に気持ちを伝えなきゃ。だけど、どんなふうに？

恋《こい》をした人と生きる人生があるなんて想定を、わたくしは一切《いっさい》していなかった。家のために生き、家のための結婚《けっこん》をする。そうとばかり思って生きてきたから。だから……胸の中にあるこの気持ちを、どんなふうに伝えていいのかわからない。

ナイジェルはすごいわね。いつだって、わたくしに愛を伝えてくれていた。どれだけの勇気を彼は振り絞《しぼ》っていたのだろう。

「姉様？」

わたくしが急に黙《だま》ってしまったので、不思議に思ったのだろう。ナイジェルが顔を覗《のぞ》き込んでくる。近くにある端整《たんせい》な美貌《びぼう》に心臓が強く刺激《しげき》され、壊《こわ》れてしまいそうなくらいに鼓動《こどう》が速くなった。

「ナ、ナイジェル。あのね」

「なんですか、姉様」

「お前に、その。伝えたいことが……あるのだけど」

「え……?」

わたくしの言葉に、ナイジェルの目が瞠《みは》られる。その表情はじわりじわりと、期待に満ちたものへ変わっていった。

「なんでしょうか、姉様」

ナイジェルの大きな手が、わたくしの手を握《にぎ》る。綺麗《きれい》な青の瞳に見つめられながら、わたくしはその言葉を告げようとして――。

「や、やっぱり今は無理……!」

顔を真っ赤にしながら、その場にへたり込んでしまった。

む、無理よ! 気持ちを伝えることってこんなにも勇気がいることなの⁉

「姉様、さすがに往生際《おうじょうぎわ》が悪いのでは」

「だって、だって。恥《は》ずかしいのだもの! もう少し覚悟《かくご》が決まるまで待って!」

へたり込んだわたくしを見つめ、ナイジェルはふっと笑う。

「……待ちますよ、いくらでも。これでも、お預けには慣れているんです」

彼はそう囁《ささや》いてから、わたくしの手を引いて立ち上がらせる。そして、未来への期待に煌《きら》めく瞳をこちらに向けた。


夜になり、皆《みな》が寝《ね》静《しず》まった頃《ころ》。

「──ッ！」

耳をつんざくような轟音《ごうおん》が屋敷中に響《ひび》き、わたくしは身を跳《は》ねさせ飛び起きた。

なに、なんなの今の音は。まるで……爆弾《ばくだん》でも投げ込まれたかのような。

気候が硝石《しょうせき》の生産に向いていないこともあり、我が国では火薬の安定した生産方法が確立されていない。つまりは、輸入に頼《たよ》っているのが現状だ。

そんな希少なものを使って襲撃《しゅうげき》をすれば、通常の武器よりも足がつきやすいだろう。そこまでの危険を冒《おか》してガザード公爵家の屋敷を襲撃する人物は──『足がついてもいい』破れかぶれの者？

──アルセニオ様。

すぐにその名が脳裏《のうり》に浮《う》かぶ。破れかぶれにしてもやりすぎでしょう！　そんな悪態を内心つきながら扉《とびら》を開けて部屋から顔を出せば、屋敷は喧騒《けんそう》に包まれていた。

「ウィレミナ嬢《じょう》！　部屋にいろ！」

顔を出したわたくしを目にして、マッケンジー卿《きょう》が荒々《あらあら》しい口調で声をかけてきた。彼は寝間着《ねまき》姿ながらも剣《けん》を手にして交戦中で、華麗《かれい》に賊《ぞく》たちを斬《き》り捨てていく。鮮明《せんめい》な血の色と生臭《なまぐさ》さを孕《はら》んだ鉄の臭《にお》いに、背筋が冷たく凍《こお》った。

たしかにわたくしがうろうろしていても足手まといよね。ここは部屋でじっとしているのが正解なのだろう。そう思い、後ろ歩きで部屋へ戻《もど》ろうとした時――。

背後から手が伸び、首のあたりに腕《うで》が巻きつけられた。そのまま、自身の部屋へと引きずり込まれる。

「――ッ！」

マッケンジー卿に助けを求めようにも、口を塞《ふさ》がれて声が出せない。いえ、声が出せても助けは期待できなかったかもしれない。部屋に引きずり込まれる前に目にしたマッケンジー卿は、十人以上の男たちに囲まれていた。廊下《ろうか》の奥から、さらに増援《ぞうえん》らしき男たちが駆《か》けてくるのも目に入る。

部屋の扉が閉まり、乱暴に床《ゆか》へと投げ捨てられる。鈍《にぶ》い体の痛みを堪《こら》えながら顔を上げると……そこには予想した通りの顔があった。

「……アルセニオ様」

「久しぶりだね、ウィレミナ嬢」

部屋に視線を走らせれば、バルコニーに続く窓が開いている。爆発で皆《みな》が陽動されている隙《すき》にあちらから侵入《しんにゅう》したのね。きっと梯子《はしご》でも使ったのだろう。

前回会った時からさほど時間は空いていないはずだけれど……彼はすっかりやつれてしまっている。以前は貴公子然としていたのに、今の彼からは街をうろつく野犬のような獰《どう》猛《もう》さを感じる。茶色の瞳の奥には憎《にく》しみの炎《ほのお》が渦《うず》巻《ま》き、彼がすでに正気ではないことを物語っていた。

「これはなんのおつもりかしら、アルセニオ様。深夜にたくさんのお客様を連れてのご訪問なんて、とても不躾《ぶしつけ》ね」

「驚《おどろ》かせたのなら済まないね。君に会いたくなってしまって」

「わたくしは、ちっとも会いたくなかったわ」

「……君はいつでも、僕に冷たいな。君に会うために大枚をはたいて傭兵《ようへい》団まで雇《やと》ったんだ。健気《けなげ》な男のことを褒《ほ》めてくれてもいいと思うけれどね」

アルセニオ様は小さく息を吐《は》くとやれやれというように首を振《ふ》る。

――傭兵団。大枚をはたいて。

その言葉からは、かなりの人数がこの屋敷《やしき》に侵入したことが察せられる。本当になんてことをしてくれるのよ、この男は！

「一体なにが目的なの」

睨《にら》みつけながら言えば、アルセニオ様は口角をくっと上げる。その凶悪《きょうあく》な笑顔《えがお》を目にして、体中に鳥肌《とりはだ》が立った。

「さんざん虚仮《こけ》にされた、仕返しをさせてもらおうかとね。なに、命までは取らないよ。そんなことをすれば、ガザード公爵《こうしゃく》に地獄《じごく》まで追いかけられるだろうからね。僕は無事に逃《に》げおおせたいんだ。ただ――」

アルセニオ様はそう言うと、一本のナイフを取り出す。それはランプの灯《あか》りに照らされ、夜闇《よやみ》の中で凶悪な光を放った。

「その高貴なお顔に傷くらいはつけさせてもらおうかと思ってね。誰《だれ》も、君なんかを娶《めと》ろうと思わないように」

ずいぶんと陰険《いんけん》な仕返しだ。顔に大きな傷がある女なんて、誰も娶りたくはないだろう。いえ。ガザード公爵家の娘《むすめ》だからと、嫌々《いやいや》娶る人はいるかもしれないわね。そんな夫婦《ふうふ》の間には、きっと愛は生まれないでしょうけれど。

なんてことを、この陰湿《いんしつ》な男は考えるのかしら。だけど……。

ナイジェルはきっと……顔に大きな傷があるわたくしを見ても、心の底からの言葉で『綺麗だ』と言うのでしょうね。それが容易に想像できたから、恐怖心《きょうふしん》なんて欠片《かけら》も湧《わ》かなかった。

「ねぇ、アルセニオ様。わたくし、そんな脅《おど》しじゃ怯《ひる》まないわよ」

ゆっくりと立ち上がり笑いながら言ってみせれば、アルセニオ様の顔に動揺《どうよう》が走る。その顔を目にして、ついついざまぁみろなんて庶民《しょみん》のような乱暴な言葉を思い浮かべてしまう。取り乱して、泣き出すわたくしがきっと見たかったのでしょうね。

「虚勢《きょせい》を……！」

「虚勢じゃないわ。わたくしの顔に大きな傷ができようと、ほかになにを奪《うば》われようと。わたくしのことを愛してくれる人に心当たりがあるの。だから貴方《あなた》が望むように、泣いて喚《わめ》いてなんかあげない。ご愁傷様《しゅうしょうさま》ね、アルセニオ様」

とびきりの笑みを浮かべてやると、アルセニオ様の体がぶるぶると大きく震《ふる》える。

「澄《す》ました顔をしやがって！　お前のそのお高くとまったところが、僕は大嫌《だいきら》いなんだ！」

雄叫《おたけ》びを上げながら、アルセニオ様がナイフを振り上げた。けれどそれが振り下ろされないことをわたくしは確信していた。

銀色の煌めきが扉を開けて音もなく部屋に入ってきたのを見て取ったから。いいえ、それが目に入る前から……彼が来ることを確信していたから。

「――ナイジェル」

彼の名をわたくしが呼ぶのと同時に、アルセニオ様の体が横に吹《ふ》き飛んだ。ナイジェルが蹴飛《けと》ばしたのね。アルセニオ様は寝台《しんだい》の角に頭をぶつけ、小さく呻《うめ》いてから意識を失ってしまう。

「……この男、殺してやる」

ナイジェルが呪詛《じゅそ》の言葉を吐きながら、アルセニオ様に足を振り下ろそうとする。振り下ろされてしまっては、きっと彼の頭蓋《ずがい》は砕《くだ》けてしまうわ。

「ナイジェル、待ちなさい。彼は生かしておかないと。裁きの場でちゃんと罪を償《つぐな》わせるのよ」

わたくしが声をかけると、ナイジェルの動きがぴたりと止まる。そして彼は渋々《しぶしぶ》という様子で、ベッドシーツを使ってアルセニオ様をしっかりと縛《しば》り上げた。

「間に合って……よかったです」

ナイジェルはわたくしの方へと来ると、抱《だ》きしめようと手を広げたけれど……。返り血塗《まみ》れの自身に気づき、その動きを途中《とちゅう》で止めた。

「ナイジェル、助けてくれてありがとう」

返り血を気にすることなく、わたくしから彼に身を委《ゆだ》ねる。するとナイジェルはびくりと身を震わせた。

「ね、姉様。汚《よご》れてしまいます……！」

「平気よ。ねぇ、貴方こそ怪我《けが》はしていない？」

「ええ、私は平気です」

そうは言っているけれど、騎士服《きし》の肩《かた》のあたりが裂《さ》けて血が流れている。とっさに傷を手のひらで押さえれば、ナイジェルは少し困った顔になった。

「汚れてしまいます、姉様」

「わ、わたくしが汚れるとかはどうでもいいの！　それよりも早く傷の手当を――」

そこまで言って、わたくしはハッとなった。マッケンジー卿が男たちに囲まれていたことを思い出したのだ。

「そういえば、マッケンジー卿は……！」

慌《あわ》てふためくわたくしを見て、ナイジェルはふっと笑みをこぼした。

「マッケンジー卿は二十人ばかりを相手にしておりましたが、あの男のことなので無傷だと思いますよ」

「にじゅう、にん。無傷？」

その信じがたい言葉に、わたくしの口はぽかんと開いてしまう。どのようにして、そんな急場を無傷で切り抜《ぬ》けたの？

ナイジェルが夜の見回りをしていた時に、傭兵たちの襲撃《しゅうげき》は起きたらしい。あの爆音《ばくおん》を聞いて駆けつけてきたマッケンジー卿配下の騎士やガザード公爵家の兵士たちに指示を出したナイジェルは、わたくしのいる二階へと向かい傭兵たちに囲まれているマッケンジー卿と遭遇《そうぐう》したそうなのだけれど……。その場を彼に任せて大丈夫《だいじょうぶ》だと判断し、急いでわたくしの部屋に向かったのだそうだ。

「あれは化け物なので死にません。もっと多くの人数を制圧するところを見たこともあります。もう、剣戟《けんげき》の音も聞こえないでしょう?」

そう言われて、わたくしは廊下が静かなことに気づいた。あの人数を……本当に? マッケンジー卿《きょう》の強さをはじめて肌《はだ》で感じ、たしかに『化け物』だと納得《なっとく》した。味方であることが本当に心強いわね。

扉《とびら》がノックされ、ナイジェルがそちらへと向かう。少し開いた扉からは、見慣れたマッケンジー卿の部下の顔が見えた。彼は二言三言ナイジェルと会話を交《か》わし、こちらに一礼してから去っていく。

「使用人たちへの被害《ひがい》は、ほとんど出ていないそうですよ。警備を増やしていて、よかったですね。それと屋敷全体の状況確認《じょうきょうかくにん》をしてから、マッケンジー卿がこちらに顔を出すそうです」

アルセニオ様が逃げたと聞いてから、屋敷にはふだんよりも多い兵士が配備されていた。その警戒《けいかい》が功を奏したのだ。

「そう、そうなのね。皆《みな》が無事ならよかったわ」

「ところで、姉様」

「なにかしら、ナイジェル」

「愛してくれる人の心当たり、というのは？　どなたのことでしょうか」

ナイジェルは楽しそうに言うと、悪戯《いたずら》っぽい笑みを浮《う》かべる。答えを確信しているけれど、わたくしから言わせたい。そんな顔だ。

「……答えなんて、わかっているでしょう」

『伝えたいことがある』ともう告げているのだ。察していないとは言わせないわ。

「僕は覚えが悪いので……わかりません。教えてください、姉様」

子どもの頃《ころ》のような口調で言いながら、ナイジェルは愛らしくこてりと首を傾《かし》げる。あくまでとぼけるのね、この子ったら！

「意地悪をするのなら、一生言ってあげないわ。残念だったわね」

にこりと笑えば、ナイジェルはにわかに慌てた顔になった。

「ね、姉様！　冗談《じょうだん》ですから！　冗談です！」

「あら、そうなの」

そう言いつつ廊下《ろうか》に向かおうとすれば、腕《うで》を少し強めに掴《つか》んで引き止められた。

「しばらくは、姉様が見ていい状態ではないかと思いますので。明日《あした》の昼まではお部屋にいてください」

「……そう」

部屋の外にはたくさんの死体が転がっているのでしょうね。それを騎士たちや使用人が運んでいるのだろう気配がする。

——お母様との思い出がある、カントリーハウス。それを血で汚されてしまったのだと感じた瞬間《しゅんかん》。湧き上がる激しい怒《いか》りを感じ、わたくしはアルセニオ様に視線をやった。彼は相変わらず、呑気《のんき》な顔で気絶をしている。

「……少しだけ、ひっぱたいてもいいかしら」

「いくらでも、ひっぱたいていいと思いますが」

つぶやけば、ナイジェルが楽しそうに同意をする。

「こんなはしたないことをしたなんて、お父様には内緒《ないしょ》ね」

大股《おおまた》にアルセニオ様の方へと行き、パンと強めにその頰《ほお》を張る。すると音や衝撃《しょうげき》で目を覚ましたのか、彼の目がぱちりと開いた。人様を叩《たた》いたことなんてなかったけれど、手が結構痛むものなのね。

「う、なにを……」

「なにをはこちらの台詞《せりふ》よ！　お母様との思い出の屋敷《やしき》をこんなにして！」

もう一発強めに頰を張れば、アルセニオ様はまた目を白黒させる。

お母様のお部屋は無事かしら。それを早く確かめたくて仕方ない。

「はっ。お母様との思い出、か。それが台無しになって可哀想《かわいそう》だな」

アルセニオ様は叩かれた頰を赤くしながら憎《にく》まれ口を叩く。わたくしはそんな彼を、でき得る限りの冷たい目で見つめた。

「貴方《あなた》の研究の成果だけれど。ガザード公爵《こうしゃく》家がすべて接収するんですって。貴方こそお可哀想ね？　人生をかけた研究の成果が、わたくしのものになるのだから」

アルセニオ様はわたくしの言葉を聞いてしばらくぽかんとする。そして数瞬ののちに、その顔を真っ赤にした。

「殺す、殺す！　殺してやる！　あれは僕のものだ！」

「ああもう、うるさい人ね」

耳を塞《ふさ》ぎながらため息をつきつつ振《ふ》り返れば、いつの間にやってきたのかマッケンジー卿が部屋にいた。そのナイジェル以上に血に塗れた姿に驚《おどろ》き、一瞬固まってしまう。

「ああ、ウィレミナ嬢《じょう》。驚かせてしまいましたね。そこの汚物《おぶつ》の叫《さけ》び声はうるさいですな」

「お、汚物⁉」

マッケンジー卿の言葉に、アルセニオ様が屈辱《くつじょく》だというように反応する。

「汚物だろう、貴様は。さて、汚物は回収しなければなりませんね。このまま下水に流してしまいたいところですが……。責任を持って、俺が王都へ連れて帰りましょう。喜べ汚物、俺と十日間……いや、急ぎだからもっと短いな。とにかく楽しい旅のはじまりだ」

マッケンジー卿がにやりと笑う。その悪鬼《あっき》のような笑《え》みを目にしてアルセニオ様は震《ふる》え上がり、情けないことにふたたび気を失ってしまった。

「ナイジェル、俺と部下はこれを届けるために明日王都に発《た》つが……」

「帰路の姉様の護衛は任せてください。私だけでは心許《こころもと》ないので、公爵家の私兵から人を借りたいと思っています」

ナイジェルの返答を聞き、マッケンジー卿は口角を上げた。

「自身の力を過信しないのは成長だな。お前だけで護衛するなんて言い出してたら、殴《なぐ》り飛ばしてやるところだった」

マッケンジー卿はそう言うと、ぐっと拳《こぶし》を握《にぎ》りしめる。その握り拳を目にして、ナイジェルは苦笑いをした。ナイジェルが一人で護衛をすると言っていたら……たぶん本気で殴られていたのでしょうね。

傭兵《ようへい》の中で息があった者も、アルセニオ様と一緒《いっしょ》に護送をするそうだ。……と言っても、マッケンジー卿曰《いわ》く傭兵側に息のある者は少ないそうだけれど。

「ねぇ、マッケンジー卿」

「なんですか、ウィレミナ嬢」

「お母様のお部屋は……無事かしら」

訊《たず》ねてじっと見つめれば、マッケンジー卿がにかっと笑う。

「部下の報告によりますと……。あの部屋になにかあればガザード公爵が激怒《げきど》すると、使用人たちが必死に死守していたそうです。グレン殿《どの》も剣を取って戦ったようで、いやはやこの屋敷の者たちは勇ましい」

その返事を聞いて、わたくしはほっと胸を撫《な》で下ろす。お母様の思い出は二度と得られないものだ。それが無事だったことにほっとするのと同時に、使用人たちが部屋を守るために戦ってくれたことに驚いた。落ち着いたら、皆にお礼を言いたいわね。

「その、マッケンジー卿。いろいろとお手を煩《わずら》わせてしまい、申し訳ありません」

「いえいえ、それが騎士《きし》の仕事ですので。それに皆がきちんと警備をしてくれていたおかげで、事態をいち早く収拾《しゅうしゅう》できたのですし……。俺の力添《ちからぞ》えなんて、微々《びび》たるものですよ。それでは、失礼しますね」

マッケンジー卿はそう言うと、アルセニオ様を肩《かた》に担《かつ》ぐ。そしてなにも抱《かか》えていないような軽《かろ》やかな動きで部屋を出て行った。マッケンジー卿、一人で二十人を相手にするのはちっとも微々たるものじゃないと思うわ。彼がたくさんの傭兵を引きつけていたから、多くの人間が無事だったのだろう。

「ところで、姉様。愛してくれる人の心当たり――」

「意地悪をする子には一生言わないと言ったでしょう？」

マッケンジー卿が出て行った瞬間。ナイジェルがまた訊ねてきたので、微笑《ほほえ》みながらそう返す。

「姉様こそ、そんな意地悪ばかりすると……」

「すると?」

首を傾げていると、剣呑《けんのん》な表情で見つめられる。怒《おこ》ったのかしらと内心ドキドキしながら次の言葉を待っていると……。

ナイジェルの美貌《びぼう》が近づき、鼻先にそっと口づけされた。

「なっ!」

「教えてくださるまで、毎日どこかに口づけをしますから」

ナイジェルは妖艶《ようえん》に微笑んだあとに、さらに頬へと口づけをする。こ、この子は! 愛されていることを自覚しきっている、愛犬のような図々《ずうずう》しさだわ!

義弟の楽しそうな笑顔を見つめながら、わたくしはそんなことをしみじみと思う。

「……このお馬鹿《ばか》犬」

ぽつりとつぶやきを漏《も》らせば、ナイジェルはきょとんとしながら首を傾げた。


襲撃《しゅうげき》の翌日、昼になってから部屋の外に出ると、廊下は綺麗《きれい》に片づけられていた。と言っても当然焦《こ》げ臭《くさ》さは残っているし、壁《かべ》や窓ガラスが破れたりもしている。血なまぐさい出来事の痕跡《こんせき》が早くなくなればいいのにと思いながら階下に下りると、玄関扉《げんかんとびら》とその周辺の壁が焦げ痕《あと》を残して見事に吹《ふ》き飛んでいた。アルセニオ様は玄関に火薬玉をぶつけたらしい。本当になんてことをするのかしら。大火事にならなくて、本当によかったわ。

「お嬢様、おはようございます」

少し疲《つか》れた表情のグレンが玄関ホールに現れる。昨夜《ゆうべ》はずっと片づけをしてくれていたのだろう。右手には包帯が巻かれており、それを目にすると自然に眉尻《まゆじり》が下がった。

「グレン、怪我《けが》をしたのね」

「いやいや、これはかすり傷です」

グレンはそう言って笑うと手を握ったり開いたりする。そして、痛そうに顔を顰《しか》めた。

「無理はしなくていいの。その……お片づけも、ありがとう。お手伝いができなくてごめんなさい」

夜を徹《てつ》して屋敷で働く気配があったため、手伝おうと部屋を出ようともしたのだ。けれど部屋の外にはナイジェルがおり、回れ右をさせられてしまった。わたくしの行動が読まれていたらしい。

屋敷の者には犠牲者《ぎせいしゃ》が出なかったけれど、傭兵の側にはたくさんの死者が出た。その残《ざん》酷《こく》な遺体を、ナイジェルはわたくしに見せたくなかったのだろう。

「マッケンジー卿《きょう》はそろそろ発たれるのかしら」

「はい、もう外におられます」

グレンに先導され外に出ると、マッケンジー卿が緊縛《きんばく》されているアルセニオ様と生き残りの男たちを窓に格子《こうし》が嵌《はま》った馬車へと放《ほう》り込んでいるところだった。馬車の扉《とびら》はいかにも堅牢《けんろう》なもので扉が閉められたあとには外鍵《そとかぎ》がしっかりとかけられた。騎士たちも馬車の周囲で帰りの支度《したく》をしている。その腕《うで》や頭には真新しい包帯が巻かれていた。

「マッケンジー卿」

「ああ。おはようございます、ウィレミナ嬢」

「その……すごい馬車ですね」

「ああ、犯罪者の運搬《うんぱん》用のものです。グレン殿からお借りしました」

マッケンジー卿はそう言うと、ぱんと馬車の扉を叩《たた》いた。

アルセニオ様たちの護送はかなりの強行軍で行われるそうだ。馬を頻繁《ひんぱん》に交換《こうかん》しつつ休《きゅう》憩《けい》はほとんど取らずに運ばれるらしく……わたくしが十日使った道程を四日で戻《もど》るらしい。とてもつらい旅となるでしょうね。だけどご愁傷様《しゅうしょうさま》という気持ちはちっとも湧《わ》かない。王都まで体の痛みや吐《は》き気とお友達になっていればいいのよ。

王都の裁判所でアルセニオ様は裁かれることになる。今回の襲撃の罪も加算されるので、もしかすると命もないかもしれないわね。

……命まで奪《うば》われるのは、少し後味が悪いと思ってしまうわたくしは甘いのだろうか。母の思い出が眠《ねむ》る屋敷《やしき》、仕える人々、そして今回の件に巻き込まれただけのマッケンジー卿配下の騎士たちが傷ついたというのに。ナイジェルはかすり傷で、マッケンジー卿に関しては本当に無傷だったわ。彼らは一体どうなっているのかしら。

なににしても、どういう裁定が下ってもわたくしにはどうすることもできないのだ。

「マッケンジー卿、皆様《みなさま》。このたびのことではご迷惑《めいわく》をおかけしました。そして、ありがとうございます」

マッケンジー卿と騎士たちにお礼を言うと、皆口々に大丈夫《だいじょうぶ》だと言ってくれる。それに甘えていいのかと迷いながら眉尻を下げていると、子どもにするように頭をくしゃくしゃと撫でられた。

「マ、マッケンジー卿！」

「子どもは大人に甘えていればいいのです」

マッケンジー卿はそう言って、口角をぐいと上げた。わたくしをレディ扱《あつか》いしていないわけではなく、気遣《きづか》わせないようにこういう態度を取ってくださっていることくらいわかる。

さすが、わたくしの初恋《はつこい》の人。やっぱりマッケンジー卿は素敵《すてき》だ。

そんなことを思いながら口元を緩《ゆる》ませていると……ナイジェルにじとりとした視線を向けられていることに気づいた。こ、この子ったらいつの間にやってきたのかしら！　気配にまったく気づかなかったわ。そして、浮気《うわき》を責めるようなその目はやめてほしいわ！

ほんの少しだけ、昔の憧《あこが》れを思い出していただけじゃないの。

「その……のちのちお贈《おく》りするお礼の品は、皆様遠慮《えんりょ》なく受け取ってくださいませね」

ナイジェルの視線を後頭部に感じつつも、マッケンジー卿と騎士の皆様に言う。

「わかりました。ではワインなどが嬉《うれ》しいですね」

そんなマッケンジー卿の言葉が口火となり、皆が口々にほしいものを述べはじめた。その内容は慎《つつ》ましいものばかり……というか食べ物が多い。気を使ってくださっているのか、単に食いしん坊《ぼう》なのか。まぁいいわ、たくさんの量をお贈りしましょう。

マッケンジー卿と騎士の皆様を見送り、わたくしは小さく息を吐いた。

今度こそ……この騒動《そうどう》は終わったのだ。

「……終わったわね」

「はい、終わりました」

わたくしがつぶやくと、ナイジェルが隣《となり》に立ち言葉を重ねる。

「休暇《きゅうか》も残り少ないし、少しだけお休みらしいこともしたいわね」

休みたいなんて甘えかもしれない、と思うけれど。この騒動から解放され、少しだけ羽を伸《の》ばしたい気持ちだった。

「では、お祭りに行きませんか？」

「お祭りって……フィオレ村の？」

「ええ、そして私と踊《おど》ってください。……お嫌《いや》ですか？」

——平民の行事に参加することが。

——私と恋人同士の踊りに参加することが。

ナイジェルの問いには、いろいろな意味が含《ふく》まれていることが感じ取れる。わたくしは思考を巡《めぐ》らせた。

平民の行事に公爵令嬢《こうしゃくれいじょう》が参加することは、外聞的によいことではない。領地に来る前のわたくしであれば、簡単に不参加を決めたかもしれない。けれど……。領民とともにありたいと思って、なにが悪いの。今はためらいなくそんなふうに思えるから、とても不思議だ。民《たみ》たちの顔を直接目にしたからだろうか。

ナイジェルと一緒《いっしょ》ということに関しては、その。

「……嫌じゃ、ないわ」

返事をすれば、手を取られて優《やさ》しい力で握《にぎ》られる。わたくしはしばらくためらったあとに、その手をそっと握り返した。


そして、数日後。わたくしはナイジェルとフィオレ村へと向かった。マッケンジー卿は王都にお戻りになったので、本日の護衛はナイジェルとガザード公爵家の兵士たちだ。ナイジェルの活躍《かつやく》を目にした兵士たちはすっかりナイジェルに心酔《しんすい》しているようで、誰《だれ》が同行するかでしばし争っていた。そして結局は、コイントスで人数を四人に絞《しぼ》ることになったのだ。

　今日のわたくしは、白の生地《きじ》に小花があしらわれたワンピースを身に着けている。白と花が入ったものがこの祭りの女性側の正装らしく、婚礼衣装《こんれいいしょう》とブーケをイメージしたものだと知った時には顔から火が出るかと思った。男性側はというと白が入っている衣装ならなんでもよいらしく、ナイジェルはいつもの騎士《きし》服を身に着けている。いつもの服装だけれど……贔屓目《ひいきめ》ではなくきっと男性陣《じん》の中で一番目立つわね。わたくしの義弟《ぎてい》はとても素敵な男性だから。

　フィオレ村に行くと、たくさんの村人がわたくしたちを出迎《でむか》えてくれた。今回の顚末《てんまつ》は村長に手紙で先に伝えており、まずは迷惑をかけた謝罪をするつもりだった。

けれど村人たちの口から飛び出したのは、わたくしを責める言葉ではなく感謝の言葉ばかりだったのだ。わけもわからずに首を傾《かし》げていると……。

「お嬢様」

　村長が人々をかき分け、こちらへとやってきた。

「村長、あの。お手紙は届いているのよね？」

「ええ、ええ。届きましたし、読みましたよ。皆にも事情は伝えております」

　村長はそう言うと、目尻《めじり》を下げて柔和《にゅうわ》な笑《え》みを浮《う》かべる。

「じゃあ、どうして……」

今回の事件は、元はといえばわたくしの存在が起因なのだ。特に大きく被害《ひがい》が広がってしまったフィオレ村の人々には、責められる理由はあっても感謝される理由はないと思うの。

「別の原因で同じようなことが起きたとして、同じような対処をしてくださるお貴族様はきっと少ないでしょう？　お嬢様は将来いい領主様になるぞって、皆《みな》期待してるってことですよ。いえ、今のガザード公爵閣下もとっても素敵な人ですけれどね！」

コロコロと明るく笑いながらそう言ったのはクレアだ。彼女の言葉に同意を示すように皆が微笑《ほほえ》みながら一様に頷《うなず》いた。

……そんなことを、思ってもらってもいいのかしら。

胸が熱くなって嬉しいのに泣きたい気持ちになりふにゃりと情けない笑みを浮かべるわたくしに、ナイジェルが微笑みかける。その笑顔は「ほら、ガザード公爵と同じじゃなくていいでしょう」と言っているようだった。

「あっ、ウィレミナ様だ！」

聞き覚えのある声がしてそちらを見ると、院長に連れられた数人の子どもたちがこちらに向かってきていた。声をかけてきたのは、わたくしに懐《なつ》いてくれたリオルだ。

「こんにちは。院長、皆様」

淑女《しゅくじょ》の礼をしてみせると、皆が緊張《きんちょう》したように息を呑《の》む。「お姫様《ひめ》だ」なんて声も聞こえたけれど、お姫様ではまったくないのよ。

「みんなも踊りに来たのかしら？」

村長に訊《き》いたところ。この祭りには若い男女の親睦《しんぼく》を深める目的があり、それ故《ゆえ》に『踊りは恋人たちで』という印象がついたらしい。だけど、恋人たち以外の者も踊りに参加できるそうだ。

わたくしの言葉に、子どもたちは瞳《ひとみ》を輝《かがや》かせて各々《おのおの》頷いた。

「そうなの、踊るの！」

「ねぇ、ナイジェル様！　踊りましょう！」

ナイジェルに、わっと養護院の女の子たちが向かう。それをきっかけに村の年頃《としごろ》の女性たちもナイジェルへと向かった。すごいわね、まるで花に群がる蝶《ちょう》のようだわ。

「ウィレミナ様、僕と踊ろうよ」

わたくしのところには、緊張した表情でリオルがやってくる。どうしたものかしらと悩《なや》んでいると……。

「申し訳ないのですが、私はウィレミナとしか踊るつもりがないのです」

ナイジェルが蝶の群れをかき分けこちらに来ると、わたくしの手を引いた。

待って、待って。今……わたくしのことをウィレミナと呼んだの？

「嫌でしたか？　嫌なら、姉様と呼びますが」

「ナ、ナイジェル。今」

「嫌ではないけれど……」

「では今夜だけでも、ウィレミナと呼ばせてください」

周囲の人々が皆見惚《みと》れる笑みを浮かべ、ナイジェルがそう告げる。想《おも》い人に名前で呼ばれることを……拒絶《きょぜつ》なんてできるはずがない。

「さ、踊りましょう」

わたくしの腰《こし》に手を回し、ナイジェルが甘く耳元で囁《ささや》く。声音《こわね》の甘さに中《あ》てられふにゃりと体から力が抜《ぬ》けそうになったけれど、崩《くず》れ落ちそうな体はナイジェルの手によってしっかりと支えられた。

「……ナイジェル」

名前を呼べば、期待に満ちた瞳で見つめられる。その目をされると弱いのよ。

本当にこの子は。わたくしに『否《いな》』と言わせない手段を……自然と身につけているのだ。

──これを世間では、惚《ほ》れた弱味と呼ぶのかしら。

「踊って、ナイジェル」

小さな声で囁いた言葉はやけに大きく響《ひび》いた気がした。ナイジェルは大輪の花のような笑みを浮かべると、村の中心にある広場に焚《た》かれた大きな篝火《かがりび》のもとへとわたくしを連れていく。そんなわたくしたちに続いて、村人たちも篝火へと足を進めた。

楽団が音楽を奏《かな》ではじめたけれど、舞踏《ぶとう》会で流れるものと比べるとその音楽はどこか調子外れだ。だけどまったく、不快ではない。

楽しそうに笑いながら足を踏《ふ》み鳴らしつつ踊る村人に交じって、わたくしとナイジェルはワルツを踊る。周囲の雰囲気《ふんいき》とまったくそぐわないけれど、わたくしもナイジェルも舞踏会のための踊りしか知らないのだ。

わたくしの腰をしっかりと抱《だ》くナイジェルの腕《うで》は逞《たくま》しく、ぴたりと触《ふ》れ合う体からは淡《あわ》い熱を感じる。見上げれば、絶世の美貌《びぼう》が愛《いと》おしげにこちらを見つめていた。見慣れているはずのそれを直視するのが恥《は》ずかしくて、わたくしは視線を伏《ふ》せてしまう。すると、腰を抱く腕の力が少しだけ強くなった気がした。

今なら、ナイジェルに気持ちを告げられるかしら。

そんなことを考える。だって今夜は『男女の親睦』を深めるための祭りなのだから。その雰囲気に背中を押されてしまっても……いいわよね？

「ねぇ、ナイジェル」

「なんですか、ウィレミナ」

「……伝えたいことがあると言ったでしょう」

緊張で震《ふる》える声を喉《のど》から押し出せば、ナイジェルがはっと息を呑む音が聞こえた。ナイジェルに視線を向けると、その青の瞳には篝火の炎《ほのお》が反射している。

ナイジェルに対して芽生えた恋心《こいごころ》。それは領地で一緒に過ごす間に……さらに大きなものへと変わっていった。

無事でいてほしい。支えてくれる努力をしてくれる姿が愛おしい。わたくしも彼を支えたい。側《そば》にいてほしい。

――ずっと一緒《いっしょ》にいたいと思うのは、貴方《あなた》だけ。

「わたくしは――」

たった一言、それがとても重い。けれどそれは、ナイジェルがいつもわたくしに告げてくれている言葉なのだ。わたくしの次の言葉を、ナイジェルは辛抱強《しんぼうづよ》く待っている。わたくしは深呼吸をすると、とうとう胸に秘《ひ》めていた言葉を口にした。

「わたくしね。お前と一緒に未来を歩みたいと……そう思っているの」

愛の告白というには、我ながら中途半端《ちゅうとはんぱ》な言葉だ。だけどそれが、一番伝えたいことだった。ナイジェルはわたくしの言葉を聞くと、嬉《うれ》しそうに破顔する。

「それは私を愛している、ということでいいのですか？」

「そうよ、愛しているわ。きゃあっ！」

『愛している』と言い終わった瞬間《しゅんかん》。ナイジェルが両脇《りょうわき》に手を差し込むようにしてわたくしを抱き上げ、くるくると回りはじめた。そんなわたくしたちに、周囲はからかい混じりの声をかける。これは……少し変わった踊りだと思われているわね。

「ナイジェル、突然《とつぜん》なにをするの！」

「だって、こんなに嬉しいことはないですよ！　帰ったらすぐに、お父様に報告をしましょう」

「そ、そうね」

お父様に報告をして、それから婚約《こんやく》者候補の方々にお断りを入れないとならない。気持ちを真摯《しんし》に告げてくださった、テランス様のことが脳裏《のうり》を過《よぎ》る。きちんと誠意を持って彼とお話をしよう。それがテランス様に対して、わたくしができる唯一《ゆいいつ》のことだ。そんなことを考えていると、わたくしを回すナイジェルの動きが止まった。

「上の空ですね？」

「そ、そんなことはないわよ？」

「嘘《うそ》です。ウィレミナの嘘はすぐにわかります」

ナイジェルはそう言うと、少し唇《くちびる》を尖《とが》らせる。そしてわたくしを地面に下ろすと……。

わたくしの手を引いて歩き出した。

「え、ナイジェル。どこに――」

「ウィレミナと二人きりになれるところに」

「ええっ」

わたくしたちは祭りの中心からどんどん遠ざかっていく。人々の姿が小さくなり、喧騒《けんそう》が耳に届かないほど遠くに離《はな》れた時。ナイジェルはようやくその足を止めた。周囲を見回せば、そこは通い慣れた麦畑の側だ。カビの発生した麦は今は刈《か》り取られており、無事だったわずかな麦が篝火の灯《あか》りに照らされている。その色は秋の実りの黄金の色に見えて、明るい未来を予感させた。来年は……きっと元通りの麦畑になるわ。

「これで、二人きりになれました」

美しい笑《え》みが向けられ、逞しい腕に優《やさ》しく抱《だ》きしめられる。

「ナイジェル、その」

「少しだけ、こうさせてください」

ナイジェルは甘やかな声音で言うと、わたくしを抱きしめる腕の力を強くした。高鳴る自身の心臓の音を感じながらナイジェルの胸にもたれかかれば、楽しそうに笑い声を立てられる。

「やっと、貴女《あなた》を捕《つか》まえた」

囁かれた言葉には、ナイジェルの……出会ってからのすべての想いが込められているような気がした。

「ウィレミナ、口づけをしても？」

甘やかな声音で問われ、体がびくりと跳《は》ねる。今までのように額や頬《ほお》にじゃなくて、唇にということよね？

「あ、あの。ナイジェル、まだ早いと思うのよ？」

「……ダメですか？」

恐《おそ》る恐る見上げれば、可愛《かわい》らしく首を傾《かし》げられる。その愛らしいおねだりを目にして、わたくしは言葉に詰《つ》まってしまった。ナイジェルのその仕草に、わたくしが逆らえた例《ため》しはないのだ。

「いいわ――んんっ！」

了承《りょうしょう》の言葉を口にした瞬間。ナイジェルの美貌が近づき、性急に唇を重ねられた。長く合わせられた唇は一度離れたあとに、二度三度とまた合わせられる。

終わる気配のない口づけに焦《あせ》りながら義弟《ぎてい》の胸を叩《たた》けば、彼は唇を離したあとに不思議そうな顔をした。

「ナイジェル、何度もしすぎなの！」

「申し訳ありません。その、嬉しすぎて」

ふにゃりと笑うナイジェルの顔は、『氷の騎士《きし》』なんてあだ名はどこへやらという蕩《とろ》けたものだ。皆《みな》が見たら、きっとびっくりするわね。彼がわたくしだけに向ける……特別な顔。その笑顔につられて、わたくしも頬を緩《ゆる》めてしまう。

「愛しています、ウィレミナ」

愛の言葉が囁かれ、またナイジェルの顔が近づいてくる。わたくしは目を閉じ、その口づけを受け入れた。

最も家のためになる婚姻《こんいん》をして、家のためにこの一生を捧《ささ》げるのだと。そう思いながら生きてきた。

けれどわたくしが選んだのは恋をした人……ナイジェルだった。

ナイジェルの本当の身分が後の波乱を生むかもしれない。理性でそれがわかっていても、彼しかいないと思ったのだから仕方がないわね。

いつかナイジェルの真実が世間に明かされ、それが重荷になるようなことがあれば。わたくしが一緒に、それを背負えばいい。

気持ちが通じた先にあるのは、まだ不確かな未来だ。

その未来が幸福なものであることを願いながら、わたくしはナイジェルの胸に頬を擦《す》り寄せた。

……長期休暇《きゅうか》が明けた時。またひと波乱が起きることを、今のわたくしは知らない。

番外編

エルネスタとリュークの夏休み

「ちょっとリューク、ちゃんと私の話を聞いているの?」

「エルネスタ殿下《でんか》、聞いておりますよ」

いつものごとく透明感《とうめいかん》のある美しい声で罵倒《ばとう》……いや注意をされ、俺は内心ため息をついた。……内心ではなくため息は漏《も》れ出てしまっていたのかもしれない。エルネスタ王女殿下が、すごい目でこちらを睨《にら》んでらっしゃるからな。

今は貴族の学園の、夏の長期休暇の最中だ。授業がないものだから、胃が痛いことにエルネスタ殿下と一緒にいる時間が増えてしまっている。

俺はリューク・ベーヴェルシュタム。

茶色の髪《かみ》と緑の目、『悪くはないけど、なんだか印象に残らないのよね』と令嬢《れいじょう》たちに言われる地味な顔立ちの……要するにいまいちぱっとしない今年二十歳《はたち》になる男である。

生まれは侯爵《こうしゃく》家の四男と比較的恵《ひかくてきめぐ》まれたものだったが、四男に分ける爵位や土地などなく。

生まれた時から、将来は自身で身を立てることが決定づけられていた。

なので幼少期から涙《なみだ》ぐましいくらいの鍛錬《たんれん》を積み、その甲斐《かい》あって近衛《このえ》騎士への立身出世が叶《かな》い……見合いでもして可愛い嫁《よめ》をもらえば人生上がりだななどと考えていたのだが。

――二年前。エルネスタ王女殿下の護衛に任命されたのが運の尽《つ》きだった。

最初は俺だって喜んでいたのだ。エルネスタ殿下といえば容姿《ようし》端麗《たんれい》、頭脳明晰《めいせき》。嫋《たお》やかで心優しいという噂《うわさ》の姫君《ひめぎみ》だ。

そんな姫に仕えることができるなんて光栄の極《きわ》みだと、心からそう思っていた。

しかし、実際にお会いしたエルネスタ殿下は……。

『貴方《あなた》がリューク？　群衆に紛《まぎ》れたら一瞬《いっしゅん》で見失いそうな顔をしているのね』

初対面でそんなことを言い放ったのだ。開いた口が塞《ふさ》がらずにいると、『私の護衛なのだから、もっとしゃんとしなさいな』と言って殿下は眉間《みけん》に皺《しわ》を寄せた。

俺が脳裏に描《えが》いていた『理想の姫様』なんてものは、はなから存在しなかったのだ。

実際の殿下は薔薇《ばら》のように美しく、嵐《あらし》のように圧倒《あっとう》的な力と存在感で人を翻弄《ほんろう》する、とんでもない悪魔《あくま》だった。その悪魔は、要所ではでかい猫《ねこ》を被《かぶ》っているから性質が悪い。殿下は世間からは俺が想像していた通りのイメージのままに見られており、王女殿下の『正体』のことを話しても同僚《どうりょう》には鼻で笑われるばかりだ。しかも『正体』を話したことを殿下に嗅《か》ぎつけられ、あとからたっぷりと叱《しか》られる。どこから嗅ぎつけているんだろうな、この人は。

殿下のお世話で日々が怒濤《どとう》のように過ぎていき、嫁探しも捗《はかど》らないし――。

「――いっ！」

足に鋭《するど》い痛みが走り、俺は声を上げた。足元を見れば、ブーツのつま先に殿下の靴《くつ》の尖った踵《かかと》が突《つ》き刺《さ》さっている。

「で、殿下！　足を踏《ふ》むのはやめてくださいとあれだけ言っているでしょう！」

「なによ、話を聞かないリュークが悪いのではなくて？」

殿下は腕《うで》組みをしながらそう言い放つ。ここは王宮にある殿下の私室で人目がないものだから、いつもよりさらに遠慮《えんりょ》がないな。指先がちぎれそうに痛いぞ！

「ちゃんと聞いておりますよ。明日《あした》はお弁当を持ってピクニックに行きたいと、そんな話でしたよね」

俺は殿下の話していたことを思い返して述べながら、鋭い踵の下から足を引き抜《ぬ》いた。

「あら、ちゃんと聞いていたのね」

殿下はそう言うと、赤の瞳《ひとみ》をぱちくりとさせる。そういう表情は本当にお可愛らしいのだがな……。

「聞いていると、最初から言っているでしょう。ピクニックには誰《だれ》かご令嬢でもお誘《さそ》いになるのですか？　護衛は何人用意しましょう」

「誰も連れていかないし、ほかの護衛もいらないわ。お前と二人きりでいいの」

「……護衛と二人きりでピクニックですか」

「なによ、悪いの？　せっかくの長期休暇なのだし、少し毛色が違《ちが》うところにも行きたいじゃない」

……悪くはないが、意図がちっともわからない。護衛と二人なんて、一人きりのようなものじゃないか。

しかしこの姫君の考えることはいつでも突拍子《とっぴょうし》もない。そしてそれをいちいち気にしていても仕方がないのだ。

この変わり者の殿下とお友達になってくれた、ガザード公爵家のウィレミナ様は現在遠い領地にいる。長期休みらしい過ごし方をしていらっしゃる彼女に、触発《しょくはつ》されたのかもしれないな。

「いいえ、ちっとも悪くありません」

また足を踏まれてしまう前に、俺は殿下に同意を示した。恭順《きょうじゅん》が我が足を救うのだ。

「お弁当はお前が作りなさい」

「は、俺がですか!?」

これまた突拍子もない言葉に、俺は目を剝《む》く。

「寮《りょう》では自炊《じすい》をしていると前に言っていたでしょう。お前の作るものの味が気になるわ」

たしかに、そんな話をした気がするな。王宮のものにも学園のものにも寮には食堂があるのだが、任務などで食事の時間に間に合わず食いっぱぐれてしまった時には自分で作るようにしている。その方が節約になる……というみみっちい動機からはじめたのだが、いつの間にか自炊が趣味《しゅみ》のようになってしまった。貴族の子の趣味としてはどうかと思うが、四男なのでまぁいいだろう。

「はぁ、殿下は物好きですね」

「我ながらそう思うわ。どうしてこんな、鈍《にぶ》くてぼんやりした男に……」

「……？　俺のことがご不満なら、配置換《はいちが》えをしてくだされればいいでしょうに。いっだ！」

殿下がなにやら不満を零《こぼ》していたのでそう言えば、なぜか先ほどよりも強く足を踏まれてしまった。まったく解《げ》せない。

そして、翌日。俺は殿下と二人で王都の公園にいた。公園といっても緑の芝生《しばふ》が広がる野原のような景観の場所で、ピクニックに訪《おとず》れる男女も多い。言わばデートスポットなのだ。そこにどうして殿下と来ているんだろうな、俺は。

警備兵もおり治安的な問題が薄《うす》いここならば、殿下と二人でピクニックもできる。

殿下をちらりと見れば、彼女はいつになく上機嫌《じょうきげん》だ。こうして機嫌よさそうにしていると、無害な美少女にしか見えないな。中身を知っていても、うっかり見惚《みと》れてしまいそうになる。殿下の存在は公園でも目立っており、主に男性からの視線が投げられている。殿下だと気づく者、気づかない者。それぞれが胸に一物を抱《かか》えた顔で彼女を見ている。殿下の隣《となり》に立ってそれらの者たちに鋭い視線を投げれば、彼らはびくりと身を震《ふる》わせて別の方向に視線をやった。俺自身は冴《さ》えない若造という風貌《ふうぼう》でも、騎士《きし》服には威圧感《いあっかん》がある。たとえ喧嘩《けんか》を売られたとしても、侯爵家という出自がある程度の難は避《よ》けてくれる。それでも食《く》らいついてくるような輩《やから》に関しては、『殿下に不埒《ふらち》を働こうとした罪』でとっとと取り押さえるだけだ。

……俺はなんて、真面目《まじめ》な騎士なんだろう。日々胃に穴が開く思いをしているのだし、もっと俸給《ほうきゅう》をもらいたいところだ。

「殿下、あちらの木陰《こかげ》で食事を摂《と》りましょうか」

そう言いつつ手を差し出せば、殿下は長いまつ毛に囲まれた目を丸くする。

「お前にもエスコートという概念《がいねん》があったのね」

「ございますよ、これでも貴族ですし」

「そうだったわね。いつも気が利《き》かないから忘れていたわ」

「……護衛が主人をエスコートする機会なんて、ふつうはそうそうないですよ。ガザード公爵家のご姉弟《きょうだい》じゃないんですから」

護衛が主人の手を引いて歩くようなことは、通常ならばあり得ない。お手に触《ふ》れるのは、馬車に乗るお手伝いをする時くらいだな。ガザード公爵家のご姉弟は……身内だから例外というやつだろう。あの姉弟は不思議なくらいに仲がいい。というよりも、弟の方が姉にべったりなのかな。

とにかく。今日は護衛が俺しかいないので、周囲に過剰《かじょう》なくらいに護衛の存在を知らしめるためにわざと近くにいるだけなのだ。

「嬉《うれ》しいわ。これからもエスコートをなさい」

エルネスタ殿下《でんか》はそう言うと頬《ほお》を緩《ゆる》ませる。護衛のエスコートを喜ぶなんて変わった方だなと、俺は首を傾《かし》げた。

……この方は、案外モテないのだろうか。まぁ、中身が中身だしな。

「お前、ろくでもないことを考えたでしょう」

「そんなことないですよ、殿下」

なぜ、わかった。殿下に睨《にら》まれ俺は冷や汗《あせ》を垂らす。この少女は、少し怖《こわ》いくらいに人の感情の機微《きび》に敏《さと》い。それは側室の子という微妙《びみょう》なお立場であったことが、影響《えいきょう》しているのかもしれない。

殿下の手を引き木陰に入り、芝生に布地を敷《し》く。その上に弁当を広げると、殿下の瞳が輝《かがや》いた。

「まぁ！　これをお前が作ったの？」

「はい。お口に合うかはわかりませんが」

今日作ったのはローストビーフのサンドイッチ、きゅうりとチーズのサンドイッチ、そしてかぼちゃとレーズンのサラダだ。サンドイッチは殿下が食べやすいよう小さなサイズにカットし、ピックも刺している。

決して不味《まず》くはないと思うのだが、王女殿下のお口に合うのだろうか。一気に不安な気持ちになるな。

「では、食べるわね」

「殿下。その前にお手を拭《ふ》きましょう」

水筒《すいとう》の水で布を濡《ぬ》らしていると、殿下から手を差し出される。どうやら拭けということらしい。

「……エルネスタ殿下」

「お願い、リューク」

殿下はよそ行きの愛らしい笑顔《えがお》で、俺におねだりをする。ふだんの悪魔《あくま》と同一人物とは思えないくらいに愛らしいその様子に、俺はぐっと喉《のど》を詰《つ》まらせた。

ため息をひとつついてから殿下のお手を取り、白い肌《はだ》を傷つけないように優《やさ》しく拭く。一国の王女の御《お》手にこんなふうに触れるなんて……本来なら許されることではないんだがな。殿下の手は女性らしく柔《やわ》らかで、月並みな表現だけれど今にも折れそうな感触《かんしょく》だ。悪魔でもやはり女性なのだという謎《なぞ》の感銘《かんめい》を覚えながら、俺は殿下の手を拭き上げた。

ふと視線を感じて顔を上げれば、エルネスタ殿下の美貌《びぼう》が思ったよりも間近にあった。

そのことに驚《おどろ》き、俺は固まってしまう。

しかし固まったのは俺だけではなく……殿下もだった。

「あ……」

みるみるうちに、殿下の頬が赤くなっていく。

「殿下、もう少し触れさせていただいても？」

「触れ、る？　それはまだ早いんじゃないかしら？」

「……早く確認《かくにん》しないと。確認が遅《おそ》くなったら悪化するかもしれませんし」

こんなに顔が赤いのだ。風に当たったことにより、熱が出たのかもしれない。それとも熱中症《ねっちゅうしょう》の方か？

俺は殿下に手を伸《の》ばし、ひたりと額に手のひらを当てた。その瞬間《しゅんかん》、殿下はなぜか怪訝《けげん》そうなお顔になる。

「熱はないようですね、うん。平熱だな」

「……触れるって、そういうこと!?」

「それ以外、なにがあるんですか」

エスコートと緊急《きんきゅう》確認。それ以外で主人に触れる用事なんてほとんどないだろうに。

「ほんっっとうに！　お前って男は！」

殿下は叫《さけ》ぶと、涙目《なみだめ》で俺を睨みつける。こんな公共の場で、叫ばない方がいいと思うのだが……。ほら、目を丸くしながら見ている者たちがいるじゃないか。

「本当に！　本当にお前は！」

殿下はぷりぷりと怒《おこ》りながらサンドイッチに手を伸ばし、ローストビーフの方を手に取ると、大きく口を開けてかぶりついた。そして、目を見開く。

「お前、料理が上手《うま》いのね」

「そうですか？　ふつうだと思いますけど」

「悔《くや》しいわ。こんな男に胃袋《いぶくろ》まで掴《つか》まれてしまうなんて……！　本当に、本当に腹立たしい！」

殿下は怒りながら、次々とサンドイッチを平らげていく。

……本当に、よくわからない主人だな。

「殿下」

「なによ！」

「口元にソースがついています」

ついつい手を伸ばして唇《くちびる》についていたソースを拭《ぬぐ》えば、殿下は目を丸くする。

そして……また顔を真っ赤にしながら、「だからこの男は！」と大きな声で叫ぶのだった。

これは……急に触れてしまった俺が悪いな。

あとがき

ここまでお読みいただきありがとうございます、夕日《ゆうひ》と申します。

このたびはめでたく、『わたくしのことが大嫌《だいきら》いな義弟《ぎてい》が護衛騎士になりました』二巻の発売となりました！　コミカライズも開始され、嬉しいこと尽《づ》くしで浮《う》かれております。

二巻は完全書き下ろしということで四苦八苦しながら作業をし、担当様にはたくさんのご迷惑《めいわく》をかけてしまいました……！　辛抱強《しんぼうづよ》いご指導、本当にありがとうございます。一巻に引き続き眠介《ねむすけ》先生にも素敵《すてき》なイラストを描《えが》いていただきまして、本当に本当に嬉しいです。ありがとうございます！

今巻では、ナイジェルとウィレミナの関係が大きく動くことになりました。ナイジェルには、「鈍《にぶ》い姉様相手に頑張《がんば》ったね！」とねぎらいの言葉をかけてあげたいところです。巻末番外編でエルネスタとリュークの関係にも踏《ふ》み込めて、作者はとても楽しかったです。

また、読者の皆様《みなさま》にお目にかかれる機会があればとても嬉しいです。

夕日

「わたくしのことが大嫌いな義弟が護衛騎士になりました2 実は溺愛されていたって本当なの!?」の感想をお寄せください。
おたよりのあて先
〒102-8177 東京都千代田区富士見2-13-3
株式会社KADOKAWA 角川ビーンズ文庫編集部気付
「夕日」先生・「眠介」先生
また、編集部へのご意見ご希望は、同じ住所で「ビーンズ文庫編集部」までお寄せください。

わたくしのことが大嫌《だいきら》いな義弟《ぎてい》が護衛騎士《ごえいきし》になりました2

実《じつ》は溺愛《できあい》されていたって本当《ほんとう》なの!?

夕日《ゆうひ》

角川ビーンズ文庫 23685

令和5年6月1日 初版発行

発行者――山下直久
発 行――株式会社KADOKAWA
〒102-8177 東京都千代田区富士見2-13-3
電話 0570-002-301(ナビダイヤル)
印刷所――株式会社暁印刷
製本所――本間製本株式会社
装幀者――micro fish

●お問い合わせ
https://www.kadokawa.co.jp/ (「お問い合わせ」へお進みください)
※内容によっては、お答えできない場合があります。
※サポートは日本国内のみとさせていただきます。
※Japanese text only

ISBN978-4-04-113740-6C0193 定価はカバーに表示してあります。 ◇◇◇

23回
角川ビーンズ小説大賞
原稿募集中!
君の"物語"がここから始まる!
https://beans.kadokawa.co.jp
詳細は公式サイトでチェック!!!
【一般部門】&【テーマ部門】
賞金 大賞100万円
優秀賞30万円
他副賞
締切 3月31日
発表 9月発表(予定)
イラスト/紫 真依